NANOFÁGICA			H.
DIA	MÊS	ANO	TIR.
30	11	23	8000
RX / TX L. T.			
ANT. L00P			

Editorial	ROBERTO JANNARELLI
	VICTORIA REBELLO
	ISABEL RODRIGUES
	DAFNE BORGES
Comunicação	MAYRA MEDEIROS
	GABRIELA BENEVIDES
	JULIA COPPA
Preparação	ELOAH PINA
Revisão	CARLA BITELLI
	LEONARDO ORTIZ
Cotejo	KARINA NOVAIS
Capa	AMANDA MIRANDA
Projeto gráfico	GIOVANNA CIANELLI
Diagramação	DESENHO EDITORIAL

TRADUÇÃO E NOTAS:
LUCAS SIMONE

OFERECEM SUAS CONDOLÊNCIAS À FAMÍLIA DO FALECIDO:

RAFAEL DRUMMOND
&
SERGIO DRUMMOND

Liev Tolstói

A morte de Ivan Ilitch

NANO

Capítulo 1

No grande edifício do Tribunal de Justiça, durante o intervalo da sessão do caso Melvínski, os membros e o promotor reuniram-se no gabinete de Ivan Iegórovitch Chebek, e iniciou-se uma conversa sobre o famoso caso Krassov. Fiódor Vassílievitch inflamava-se, tentando provar que não cabia julgamento, Ivan Iegórovitch teimava que sim, e Piotr Ivánovitch, desde o início, não entrara no debate, seguia fora dele, enquanto folheava o *Viédomosti*[1], que acabara de ser entregue.

– Senhores! – disse ele. – Ivan Ilitch morreu.

– Será possível?

– Aqui, leia – disse, entregando o fascículo fresco, ainda com cheiro de tinta.

Numa tarja preta, estava impresso: "Praskóvia Fiódorovna Goloviná, com pesar na alma, comunica aos parentes e conhecidos o falecimento de seu amado esposo, o membro da Câmara de Justiça Ivan Ilitch Golovin, ocorrido aos 4 de fevereiro deste ano de 1882. O sepultamento será na sexta-feira, à uma da tarde".

Ivan Ilitch era companheiro de trabalho dos senhores ali reunidos, e todos o adoravam. Estava doente havia já algumas semanas; diziam que sua doença era incurável. O posto dele fora guardado, mas conjecturava-se que, caso ele morresse, Aleksêiev poderia ser indicado para seu posto;

---

1 Jornal mais antigo da Rússia, publicado desde 1703.

já para o posto de Aleksêiev, ou Vínnikov, ou Chtábel. Assim, ao ouvirem sobre a morte de Ivan Ilitch, o primeiro pensamento de cada um dos senhores reunidos no gabinete foi sobre o significado que aquela morte poderia ter para a transferência ou promoção dos próprios membros ou de seus conhecidos.

"É provável que agora eu vá ganhar o posto do Chtábel ou do Vínnikov", pensou Fiódor Vassílievitch. "Afinal, isso me foi prometido há muito tempo, e essa promoção me renderia oitocentos rublos de aumento, mais despesas com o escritório."

"Agora terei que pedir que transfiram meu cunhado de Kaluga", pensou Piotr Ivánovitch. "Minha esposa ficará muito feliz. Agora não poderá mais dizer que eu nunca fiz nada por seus parentes."

– Eu pensei mesmo que ele não se restabeleceria – disse Piotr Ivánovitch, em voz alta. – Que pena.

– Mas o que exatamente ele tinha?

– Os médicos não conseguiram definir. Quer dizer, definiram, mas coisas diferentes. Quando eu o vi pela última vez, achei que ele melhoraria.

– Já eu não estive na casa dele desde as festas. Ficava só na vontade.

– Mas ele tinha bens?

– Parece que a esposa tinha algo. Mas coisa insignificante.

– É, vamos ter que ir. Eles moravam longe demais.

– Longe da sua casa, você quer dizer. Da sua casa, tudo é longe.

– Esse aí não consegue me perdoar por morar do outro lado do rio – disse Piotr Ivánovitch, sorrindo para Chebek. E começaram a conversar sobre as maiores distâncias dentro da cidade, depois voltaram para a sessão.

Além das reflexões de cada um a respeito das transferências e possíveis mudanças de destino que aquela morte poderia acarretar, o próprio fato da morte de um conhecido próximo despertou em todos que ficaram sabendo dela, como sempre, uma sensação de alegria por ter morrido o outro, e não eles.

"Pois é, morreu. Mas eu, não", pensou ou sentiu cada um deles. Além disso, os conhecidos mais próximos, os assim chamados amigos de Ivan Ilitch, pensaram involuntariamente que, agora, teriam que cumprir aquelas obrigações decorosas muito enfadonhas e ir ao funeral, e também visitar a viúva para oferecer condolências.

Os mais próximos eram Fiódor Vassílievtch e Piotr Ivánovitch.

Piotr Ivánovitch fora colega de escola de jurisprudência[2] e sentia-se em dívida com Ivan Ilitch.

Durante o almoço, Piotr Ivánovitch transmitiu à esposa a notícia da morte de Ivan Ilitch e as considerações a respeito da possibilidade de transferência do cunhado para o distrito e, sem se deitar para descansar, vestiu a casaca e foi à casa de Ivan Ilitch.

---

2 Escolas ou institutos de jurisprudência eram estabelecimentos de ensino criados para a educação de jovens de famílias nobres russas, com o intuito de prepará-los para o serviço civil, na área do direito.

Junto à entrada da casa de Ivan Ilitch, havia uma carruagem e dois cocheiros. Embaixo, na antessala, junto à chapeleira, estava apoiada à parede a tampa do caixão, revestida de brocado, com franjas e fitas lustradas. Duas senhoras de preto tiravam os casacos de peles. Uma, a irmã de Ivan Ilitch, era conhecida; a outra, uma senhora desconhecida. Chvarts, colega de Piotr Ivánovitch, vinha descendo e, do degrau de cima, ao ver quem entrara, parou e deu-lhe uma piscadela, como quem diz: "Ivan Ilitch foi tolo ao dar as instruções para o funeral; eu e você faríamos muito melhor".

O rosto de Chvarts, com suas suíças inglesas, e toda a sua figura magra, de casaca, tinham, como sempre, uma solenidade elegante, e essa solenidade, que sempre contradizia o caráter jocoso do homem, tinha naquela ocasião um tempero particular. Foi o que pensou Piotr Ivánovitch.

Piotr Ivánovitch deixou que as senhoras seguissem à sua frente e foi lentamente atrás delas em direção às escadas. Chvarts não fez menção de descer, ficou parado lá em cima. Piotr Ivánovitch entendeu por quê: ele, pelo visto, queria combinar de jogar *vint*[3] logo mais. As senhoras atravessaram a escada em direção ao quarto da viúva, e Chvarts, com os lábios rígidos e encolhidos de seriedade, e um olhar jocoso, movimentou as sobrancelhas indicando a Piotr Ivánovitch o quarto à direita, onde estava o defunto.

---

3 Variação russa do uíste, jogo de baralho muito popular no fim do século XIX e início do XX.

Piotr Ivánovitch entrou, como sempre acontece, sem plena convicção do que deveria fazer ali. Só sabia que, nessas situações, não haveria mal nenhum em fazer o sinal da cruz. Quanto à necessidade de também curvar-se enquanto fazia aquilo, não tinha certeza absoluta e, por isso, escolheu o meio-termo: ao entrar no cômodo, começou a fazer o sinal da cruz e a meio que se curvar um pouco. Tanto quanto lhe permitiam os movimentos do braço e da cabeça, ele, ao mesmo tempo, observava o cômodo. Dois jovens que pareciam ser sobrinhos do falecido, um deles colegial, saíram do cômodo fazendo o sinal da cruz. Uma velhinha estava em pé, imóvel. E uma senhora, com as sobrancelhas estranhamente erguidas, sussurrava-lhe alguma coisa. Um sacristão de sobrecasaca, animado, resoluto, lia algo em voz alta, com uma vivacidade que excluía qualquer contradição; o servo doméstico Guerássim, passando diante de Piotr Ivánovitch com passos leves, polvilhava algo pelo chão. Ao ver aquilo, Piotr Ivánovitch imediatamente sentiu o leve odor do corpo em decomposição. Em sua última visita a Ivan Ilitch, Piotr Ivánovitch vira aquele mujique no escritório; cumpria então a função de enfermeiro, e Ivan Ilitch gostava particularmente dele. Piotr Ivánovitch continuou fazendo o sinal da cruz e curvando-se de leve, numa direção intermediária entre o caixão, o sacristão e as imagens sobre a mesa no canto. Depois, quando esse movimento de benzedura com a mão já começava a lhe parecer prolongado demais, ele parou e pôs-se a olhar o defunto.

O defunto jazia, como sempre jazem os defuntos, particularmente pesado, à moda dos defuntos, com os membros enrijecidos afundados no leito do caixão, a cabeça para sempre arqueada sobre o travesseiro, e elevava, como sempre elevam os defuntos, sua testa amarela de cera, com pontos escalvados nas têmporas afundadas, e o nariz, que assomava, como que espremendo o lábio superior. Ele tinha mudado muito, emagrecera ainda mais desde a última vez em que Piotr Ivánovitch o vira, mas, como em todos os defuntos, seu rosto estava mais bonito e, sobretudo, mais significativo do que tinha sido quando vivo. No rosto, havia uma expressão de que aquilo que deveria ter sido feito estava feito, e da maneira correta. Além disso, nessa expressão havia também uma censura ou um lembrete aos vivos. Esse lembrete pareceu a Piotr Ivánovitch despropositado ou, pelo menos, não concernente a ele. Começou a sentir algo desagradável, e por isso Piotr Ivánovitch fez o sinal da cruz mais uma vez, com pressa, e, como lhe pareceu apressado demais, em desacordo com a decência, virou-se e foi em direção à porta. Chvarts esperava por ele na antessala com as pernas bem afastadas, com ambas as mãos atrás das costas brincando com sua cartola. O mero olhar para a figura jocosa, asseada e elegante de Chvarts já revigorou Piotr Ivánovitch. Ele compreendeu que Chvarts estava acima daquilo tudo e não cedia a sensações de desânimo. Seu aspecto já dizia: o incidente do funeral de Ivan Ilitch de modo algum poderia constituir motivo suficiente para considerar perturbada a ordem da sessão, ou seja, nada poderia impedir que, naquela mesma noite, abrissem, com um estalido, o selo de um baralho, enquanto um criado disporia quatro velas jamais acesas; não havia qualquer fundamento para presumir que aquele incidente pudesse impedi-los de passar alegremente a noite. Ele até disse isso, sussurrando, quando Piotr Ivánovitch passou, e propôs que ele se reunisse ao grupo na casa de Fiódor Vassílievitch. Mas, pelo visto, não era o destino de Piotr Ivánovitch jogar *vint* naquela noite. Praskóvia Fiódorovna, uma mulher baixa, obesa, que, apesar de todas as tentativas de demonstrar o oposto, ainda assim ia se alargando dos ombros para baixo, toda de preto, com a cabeça coberta por uma renda e com as mesmas sobrancelhas estranhamente erguidas da senhora que estava de frente para o caixão, saiu de seus aposentos com as outras senhoras e, conduzindo-as até a porta do defunto, disse:

– Agora acontecerá a cerimônia; entrem.

Chvarts, fazendo uma reverência vaga, parou, aparentemente sem aceitar ou recusar aquela oferta. Praskóvia Fiódorovna, reconhecendo Piotr Ivánovitch, suspirou, chegou bem perto dele, tomou-lhe a mão e disse:

– Eu sei que o senhor foi um verdadeiro amigo de Ivan Ilitch... – E o olhou, esperando dele as ações correspondentes àquelas palavras.

Piotr Ivánovitch sabia que, assim como lá tivera que fazer o sinal da cruz, aqui precisava apertar-lhe a mão, suspirar e dizer: "Garanto que sim!". E foi o que fez. Depois de fazê-lo, sentiu que o resultado fora obtido: ele estava comovido e ela estava comovida.

– Vamos, enquanto não começa; preciso conversar com o senhor – disse a viúva. – Dê-me sua mão.

Piotr Ivánovitch deu-lhe a mão, e eles se dirigiram aos cômodos interiores, passando por Chvarts, que piscou com tristeza para Piotr Ivánovitch: "Lá se vai o *vint*! Não leve a mal, mas vamos achar outro parceiro. Tentamos algo em cinco jogadores, quando você se livrar", disse seu olhar jocoso.

Piotr Ivánovitch suspirou de maneira ainda mais profunda e triste, e Praskóvia Fiódorovna, agradecida, apertou sua mão. Depois de entrar na sala de estar forrada com cretone rosa, onde havia uma luminária sombria, eles se sentaram à mesa; ela, no sofá, e Piotr Ivánovitch, num pufe baixinho, com molas estragadas, cujo assento cedia de maneira irregular. Praskóvia Fiódorovna quis avisá-lo, para que se sentasse em outra cadeira, mas achou que esse aviso não era condizente com sua situação e mudou de ideia. Sentado naquele pufe, Piotr Ivánovitch lembrou-se de que, quando Ivan Ilitch estava decorando aquela sala de estar, ele lhe pedira um conselho justamente sobre aquele cretone rosa com folhas verdes. Quando ia se sentar no sofá, ao passar pela mesa (no geral, a sala de estar era toda repleta de coisinhas e de móveis), a viúva prendeu a renda preta de sua mantilha preta numa ranhura da mesa. Piotr Ivánovitch levantou-se de leve para desprender a renda, e o pufe, que se libertou debaixo dele, começou a agitar-se e a empurrá-lo. A própria viúva pôs-se a desprender sua renda, e Piotr Ivánovitch sentou-se novamente, esmagando o pufe amotinado debaixo de si. Mas a viúva não se desprendeu totalmente, e Piotr Ivánovitch de novo levantou-se, e de novo o pufe amotinou-se e até estalou. Quando tudo isso acabou, ela sacou um lenço de cambraia limpo e começou a chorar. Já Piotr Ivánovitch esfriara com o episódio da renda e com a luta contra o pufe, e permaneceu sentado, carrancudo. A situação incômoda foi interrompida por Sokolov, copeiro de Ivan Ilitch, informando que o lote no cemitério que Praskóvia Fiódorovna escolhera custaria duzentos rublos. Ela parou de chorar e, olhando para Piotr Ivánovitch com ar de vítima, disse em francês que aquilo era muito difícil para ela. Piotr Ivánovitch fez um sinal discreto, expressando sua certeza absoluta de que não poderia ser diferente.

– Por favor, fume – disse ela com uma voz magnânima e ao mesmo tempo abatida, e passou a tratar com Sokolov sobre a questão do preço do lote.

Enquanto fumava, Piotr Ivánovitch ouviu-a indagar de modo muito minucioso a respeito dos diferentes preços de lotes e definir qual deveria ser escolhido. Além disso, depois de encerrar a questão do lote, decidiu também a respeito dos coristas. Sokolov saiu.

– Estou fazendo tudo sozinha – disse ela a Piotr Ivánovitch, empurrando para o lado os álbuns que estavam sobre a mesa; e, ao perceber que as cinzas ameaçavam a mesa, sem perder tempo empurrou o cinzeiro em direção a Piotr Ivánovitch e falou: – Considero uma hipocrisia afirmar que não posso tratar de assuntos práticos por conta do pesar. Pelo contrário, se há algo que pode, se não me consolar... mas me distrair, é justamente cuidar dele.

Ela de novo alcançou o lenço, como se fosse chorar, e de repente, como que se refreando, tomou ânimo e começou a dizer calmamente:

– No entanto, tenho um assunto a tratar com o senhor.

Piotr Ivánovitch inclinou-se, sem deixar que se descontrolassem as molas do pufe, que tinham começado imediatamente a remexer-se debaixo dele.

– Nos últimos dias ele sofreu terrivelmente.

– Sofreu muito? – perguntou Piotr Ivánovitch.

– Ai, terrivelmente! Gritava sem parar, não nos últimos minutos, mas nas últimas horas. Durante três dias seguidos ele gritou, sem dar descanso para a voz. Foi insuportável. Não sei como eu aguentei aquilo; dava para ouvir atrás de três portas. Ai, o que eu tive que suportar!

– Mas será que ele estava consciente? – perguntou Piotr Ivánovitch.

– Sim – sussurrou ela –, até o último minuto. Ele se despediu de nós quinze minutos antes de morrer, e ainda pediu para levarmos o Volódia[4] embora.

Pensar no sofrimento de uma pessoa de quem era tão próximo, primeiro como um menino alegre, na escola, depois adulto, como parceiro, de repente deixou Piotr Ivánovitch horrorizado, apesar da desagradável consciência da hipocrisia dele mesmo e daquela mulher. Ele viu novamente aquela testa, o nariz espremendo o lábio, e sentiu medo por si mesmo.

---

4 Apelido de Vladímir.

"Três dias de sofrimentos terríveis, e depois a morte. Pois isso pode acontecer comigo agora mesmo, a qualquer minuto", pensou ele, e por um instante ficou assustado. Mas, imediatamente, sem que ele soubesse como, veio ao seu auxílio o pensamento costumeiro de que aquilo acontecera a Ivan Ilitch, e não a ele, e de que aquilo não devia nem poderia lhe acontecer; de que, pensando assim, ele se entregaria a um estado de espírito sombrio, o que não se deve fazer, como era nítido pelo rosto de Chvarts. Tendo feito essas considerações, Piotr Ivánovitch acalmou-se e, com interesse, começou a perguntar acerca dos detalhes do falecimento de Ivan Ilitch, como se a morte fosse uma aventura peculiar apenas a Ivan Ilitch, e que de modo algum dissesse respeito a ele.

Depois de falar em detalhes sobre os sofrimentos físicos realmente terríveis que Ivan Ilitch sofrera (detalhes de que Piotr Ivánovitch só ficou sabendo pelo modo como os tormentos de Ivan Ilitch afetaram os nervos de Praskóvia Fiódorovna), a viúva claramente considerou necessário tratar do assunto que desejava.

– Ah, Piotr Ivánovitch, como é difícil, é terrivelmente difícil, terrivelmente difícil. – E voltou a chorar.

Piotr Ivánovitch suspirou e esperou que ela assoasse o nariz. Quando ela assoou, ele disse:

– Tenho certeza que sim...

E ela voltou a falar, e revelou aquilo que claramente era seu principal assunto com ele; que consistia na questão de como se poderia obter indenização do governo em caso de morte do marido. Ela fingia pedir conselhos a Piotr Ivánovitch a respeito de uma pensão; mas ele viu que ela já sabia, nos mínimos detalhes, até o que nem ele sabia: tudo o que se podia arrancar do erário no caso daquela morte; mas que ela queria saber se não era possível, de algum modo, arrancar ainda mais dinheiro. Piotr Ivánovitch tentou pensar em algum meio, mas, depois de refletir um pouco e de recriminar, por educação, o nosso Estado por sua avareza, disse que não parecia possível conseguir mais. Então, ela suspirou e claramente pôs-se a inventar um meio de livrar-se de seu visitante. Ele entendeu, apagou o cigarro, levantou-se, apertou a mão dela e foi até a antessala.

Na sala de jantar, onde ficava o relógio que Ivan Ilitch tanto se alegrara ao comprar em um bricabraque, Piotr Ivánovitch encontrou um padre e mais alguns conhecidos que tinham vindo para as exéquias, e viu uma bela senhorita que lhe era conhecida, a filha de Ivan Ilitch. Ela estava toda de preto. Sua cintura, muito fina, parecia ainda mais fina. Tinha um aspecto sombrio, resoluto, quase colérico. Fez uma reverência a Piotr Ivánovitch como se ele fosse culpado de alguma coisa. Atrás da filha, com o mesmo ar ofendido, estava um jovem rico, conhecido de Piotr Ivánovitch, um juiz de instrução, noivo dela, pelo que ouvira. Piotr Ivánovitch fez uma reverência tristonha, e ia entrando no quarto do defunto quando, por debaixo da escada, surgiu a figura do filho, um colegial terrivelmente parecido com Ivan Ilitch. Era um pequeno Ivan Ilitch, como Piotr Ivánovitch se lembrava dele na escola de jurisprudência. Seus olhos estavam marejados e, ao mesmo tempo, iguais aos dos meninos impuros de treze ou catorze anos. O menino, ao ver Piotr Ivánovitch, começou a franzir o rosto, grave e acanhado. Piotr Ivánovitch fez-lhe um aceno com a cabeça e entrou no quarto do defunto. Começaram a cerimônia – velas, lamentos, incenso, lágrimas, soluços. Piotr Ivánovitch permaneceu de pé, de cenho franzido, olhando para os pés à sua frente. Ele não olhou uma vez sequer para o defunto, até o fim evitou ceder às influências debilitadoras, e foi um dos primeiros a sair. Na antessala não havia ninguém. Guerássim, o mujique doméstico, precipitou-se do quarto do falecido e revolveu, com seus braços fortes, todos os casacos, para encontrar e entregar o de Piotr Ivánovitch.

– E então, meu amigo Guerássim? – perguntou Piotr Ivánovitch para dizer alguma coisa. – Triste?

– É a vontade de Deus. Nós todos vamos para o mesmo lugar – disse Guerássim, arreganhando seus dentes brancos e compactos de mujique, e, como alguém no calor de um trabalho duro, abriu com vigor a porta, deu um grito para o cocheiro, ajudou Piotr Ivánovitch a subir e saltou de volta para o terraço, como se inventasse algo mais a fazer.

Piotr Ivánovitch achou particularmente agradável respirar ar fresco depois do cheiro de incenso, cadáver e ácido fênico.

– Aonde deseja ir? – perguntou o cocheiro.

– Não está tarde. Ainda posso passar na casa de Fiódor Vassílievitch.

E Piotr Ivánovitch partiu. De fato, encontrou os demais no fim do primeiro *rubber*[5], de maneira que pôde muito bem entrar como quinto jogador.

---

5 No jogo de *vint*, um conjunto de três partidas.

Capítulo 2

A história pretérita da vida de Ivan Ilitch era a mais simples e comum e também a mais terrível.

Ivan Ilitch morreu aos quarenta e cinco anos, como membro da Câmara de Justiça. Era filho de um funcionário público que, em diversos ministérios e departamentos em Petersburgo, fizera o tipo de carreira que conduz as pessoas àquela posição em que, embora fique claro que elas não servem para cumprir nenhuma função essencial, elas, graças a seu longo tempo de serviço prestado e a sua patente, não podem ser mandadas embora e, por isso, recebem postos inventados e fictícios e alguns milhares rublos nada fictícios, entre seis e dez, com os quais vivem até a idade mais avançada.

Tal era o conselheiro secreto[6] Ilia Iefímovitch Golovin, membro inútil de diversas repartições inúteis.

Tinha três filhos. Ivan Ilitch era o segundo deles. O mais velho seguiu a mesma carreira que o pai, mas em outro ministério, e já se aproximava daquele tempo de serviço no qual surgia esse pagamento por inércia. O terceiro era um fracassado. Tinha se arruinado em toda parte, em vários postos, e agora trabalhava nas ferrovias – tanto o pai como os irmãos, e especialmente as esposas deles, não só não gostavam de encontrar-se com ele como nem

---

6 Conselheiro secreto, no original *táiny soviétnik*, era uma das patentes do serviço civil na Rússia tsarista.

se lembravam de sua existência, exceto em caso de extrema necessidade. A irmã era casada com o barão Gref, um funcionário público petersburguês do mesmo tipo que o sogro. Ivan Ilitch era *le phénix de la famille*[7], como diziam. Ele não era tão frio e ordeiro quanto o mais velho, nem tão temerário quanto o mais novo. Era o meio-termo entre eles – um homem inteligente, vivaz, agradável e decente. Tinha estudado com o irmão mais novo na escola de jurisprudência. O mais novo não concluiu, foi expulso no quinto ano, enquanto Ivan Ilitch terminou o curso com distinção. Na escola de jurisprudência, ele já era o que viria a ser depois, ao longo de toda a vida: uma pessoa capaz, alegre, bondosa e sociável, mas que cumpria rigorosamente aquilo que considerava seu dever; e considerava seu dever tudo aquilo que assim consideravam as pessoas que ocupavam os mais altos postos. Não foi bajulador nem quando menino nem depois, como adulto, mas, desde a mais tenra idade, havia nele algo que o atraía em direção às pessoas que ocupavam os mais altos postos da sociedade; como uma mosca em direção à luz, ele assimilava seus modos, suas opiniões em relação à vida, e estabelecia com elas relações de amizade. Todas as paixões da infância e da juventude passaram sem deixar nele grandes vestígios; entregou-se tanto à volúpia como à vaidade, e também – perto do fim, nas últimas séries – à liberalidade, mas sempre dentro de certos limites, que seu senso lhe ditava com precisão.

---

7 Em francês no original: "o gênio da família".

Na escola de jurisprudência, cometeu alguns atos que antes tinham lhe parecido enormes obscenidades e que, enquanto os cometia, causavam nele repulsa por si; mas, posteriormente, ao ver que esses atos também eram cometidos por pessoas bem colocadas e que não eram considerados ruins por elas, ele, embora não tenha passado a considerá-los bons, deixou-os completamente de lado, e de modo algum afligia-se com as lembranças desses atos.

Depois de concluir a escola de jurisprudência com o décimo grau[8] e de receber do pai dinheiro para o fardamento, Ivan Ilitch encomendou um traje na loja de Charmer, pendurou no berloque uma medalhinha com a inscrição *respice finem*[9], despediu-se do príncipe e do educador, almoçou com os companheiros no Donon e, com suas coisas novas e da moda – uma mala, roupas de baixo, trajes, artigos de toalete e de barba e uma manta, tudo encomendado e comprado nas melhores lojas –, partiu para uma província a fim de ocupar o cargo de funcionário de missões especiais do governador, que o pai arranjara para ele.

Na província, Ivan Ilitch logo obteve a mesma condição fácil e agradável que tinha na escola de jurisprudência. Serviu, fez carreira e, ao mesmo tempo, divertiu-se de maneira agradável e decente; de quando em quando, por incumbência da chefia, ia até os distritos, comportava-se com a mesma dignidade com os superiores e com os

---

8 A décima patente na tabela do serviço civil tsarista.
9 Em latim no original: "anteveja o fim".

inferiores e cumpria, com precisão e uma honestidade incorruptível, da qual não podia deixar de orgulhar-se, os encargos que lhe eram delegados, principalmente nas causas envolvendo cismáticos[10].

Nas questões oficiais, apesar de sua juventude e de sua propensão à diversão leviana, ele era extremamente comedido, formal e até severo; mas, nas sociais, era com frequência brincalhão e divertido, e sempre bondoso, decente e *bon enfant*[11], como diziam seu chefe e a esposa deste, para os quais Ivan Ilitch era de casa.

Na província, houve um caso com uma senhora que muito insistiu com o faceiro jurista; houve também uma modista; houve bebedeiras com os ajudantes de campo que estavam de passagem e idas à rua mais afastada, depois do jantar; houve também adulação em relação ao chefe e até à esposa do chefe, mas tudo aquilo continha um tom tão elevado de respeitabilidade, que nada poderia ser denominado com palavras feias – tudo aquilo só poderia encaixar-se sob a rubrica da sentença francesa *il faut que jeunesse se passe*.[12] Tudo se fazia com mãos limpas, camisas limpas, palavras francesas e, sobretudo, na mais alta sociedade, e, portanto, com a aprovação das pessoas bem colocadas.

---

10 Membros de seitas religiosas que não seguiam as doutrinas oficiais da Igreja Ortodoxa. Eram muito comuns na Rússia desde a introdução do Cristianismo.

11 Em francês no original: "bom menino".

12 Em francês no original: "é preciso aproveitar a juventude".

Assim, Ivan Ilitch serviu por cinco anos, até que veio uma mudança no serviço. Surgiram novas instituições judiciárias; eram necessárias pessoas novas.

E Ivan Ilitch tornou-se uma dessas pessoas novas.

Foi oferecido a Ivan Ilitch o posto de juiz de instrução, e ele aceitou, apesar de esse posto ser em outra província e de ele ter que abandonar as relações já estabelecidas e criar novas. Os amigos fizeram uma despedida para Ivan Ilitch, tiraram uma fotografia em grupo, ofereceram-lhe uma cigarreira de prata, e ele partiu para seu novo posto.

Como juiz de instrução, Ivan Ilitch era tão *comme il faut*,[13] decente, capaz de separar suas obrigações oficiais da vida pessoal e de inspirar o respeito geral, como tinha sido na qualidade de funcionário de missões especiais. O próprio serviço de juiz de instrução gerava em Ivan Ilitch muito mais interesse e atração que o anterior. No serviço anterior, o mais agradável era passar, com um caminhar livre, usando o uniforme feito por Charmer, pelos solicitantes trêmulos à espera de atendimento e pelos funcionários que o invejavam, e entrar direto no gabinete do chefe e sentar-se com ele para um chá com cigarros; mas eram poucas as pessoas que dependiam diretamente de seu arbítrio. Essas pessoas eram só os comissários de polícia e os cismáticos, quando ele era enviado em missões; e ele gostava de tratar de maneira cortês, quase camaradesca, aquelas pessoas que dependiam dele; gostava de dar a sensa-

---

13 Em francês no original: "como convém ser".

ção de que ele, que tinha o poder de esmagar, tratava-os de maneira amistosa e simples. Naquela época, eram poucas essas pessoas. Mas agora, como juiz de instrução, Ivan Ilitch sentia que todos, sem exceção, até as pessoas mais importantes e cheias de si, estavam em suas mãos, e que lhe bastava apenas escrever as devidas palavras no papel timbrado para que alguém importante e cheio de si fosse trazido até ele na condição de réu ou de testemunha, e, se ele não quisesse prendê-la, a pessoa deveria permanecer diante dele e responder às suas perguntas. Ivan Ilitch nunca abusava de seu poder; ao contrário, tentava atenuar-lhe a manifestação; mas a consciência do poder e a possibilidade de atenuá-lo é que constituíam, para ele, o principal interesse e a atração desse novo serviço. No serviço, propriamente nos inquéritos, Ivan Ilitch assimilou muito depressa o procedimento de afastar de si quaisquer circunstâncias que não se referissem ao serviço e de expressar qualquer processo, por mais complexo que fosse, numa forma tal que o processo só se refletisse no papel em seu aspecto exterior e que ficasse totalmente excluída sua concepção pessoal e, sobretudo, que fosse observada toda a formalidade exigida. Era algo novo. E ele foi uma das primeiras pessoas a elaborar, na prática, a aplicação dos estatutos de 1864.[14]

Ao mudar-se para a nova cidade, no posto de juiz de instrução, Ivan Ilitch construiu novas relações, novos vínculos, portou-se de uma nova maneira e adquiriu um tom

---

14 Em 20 de novembro de 1864, entrou em vigor uma série de reformas no sistema judiciário da Rússia, com objetivo de modernizá-lo.

um pouco diferente. Ele se colocou a uma distância digna das autoridades da província, escolheu o melhor círculo entre os nobres ricos do judiciário que viviam na cidade e adotou um tom de leve insatisfação com o governo, de liberalismo moderado e civismo cortês. Além disso, sem mudar em nada a elegância de seu vestuário, Ivan Ilitch, na nova função, parou de aparar o queixo e deu à barba liberdade para crescer onde ela quisesse.

Na nova cidade, a vida de Ivan Ilitch também se arranjou de maneira bem agradável: o grupo amotinado contra o governador era muito amigável e bom; o ordenado era maior, e um prazer considerável foi acrescentado à sua vida pelo uíste, que Ivan Ilitch começou a jogar naquela época; ele tinha a capacidade de jogar cartas com alegria, raciocinando de modo rápido e muito sutil, tanto que, em geral, sempre saía ganhando.

Depois de dois anos de serviço na nova cidade, Ivan Ilitch conheceu sua futura esposa. Praskóvia Fiódorovna Mikhel era a moça mais atraente, inteligente e brilhante do círculo com que Ivan Ilitch convivia. Em meio a outros passatempos e tréguas dos afazeres de juiz de instrução, ele estabeleceu uma relação jovial e leve com Praskóvia Fiódorovna.

Ivan Ilitch, como funcionário de missões especiais, dançava com frequência; já como juiz de instrução, era raro que dançasse. Quando dançava, era para provar que, embora fosse das novas instituições e do quinto grau, se a questão fosse dançar, ele conseguia ser melhor que os outros naquilo. Assim, de quando em quando, no fim da noite, ele dançava com Praskóvia Fiódorovna, e foi principalmente durante essas danças que ele a conquistou. Ela se apaixonou por ele. Ivan Ilitch não tinha a intenção clara e definida de se casar, mas, quando a moça se apaixonou, ele fez a si mesmo a pergunta: "A bem da verdade, por que não me casar?".

A donzela Praskóvia Fiódorovna era de uma boa família nobre, em nada má; tinha uma pequenina fortuna. Ivan Ilitch poderia ter contado com um partido mais exuberante, mas esse também era um bom partido. Ivan Ilitch tinha um bom ordenado, e ele esperava que ela tivesse o mesmo. Uma boa origem; ela era uma mulher amável, bonitinha e plenamente honrada. Dizer que Ivan Ilitch casou-se porque amava sua noiva e por ter encontrado nela alguém que compartilhava de suas visões de vida seria tão injusto quanto dizer que ele se casou porque as pessoas de sua companhia aprovavam aquele partido. Ivan Ilitch casou-se pelas seguintes considerações: ele fez algo agradável para si ao adquirir uma esposa como aquela e, além disso, fez aquilo que seria considerado correto pelas pessoas que ocupavam os mais altos postos.

E Ivan Ilitch se casou.

O próprio processo do casamento e os primeiros tempos de vida conjugal, com os carinhos da esposa, a mobília nova, a louça nova, o enxoval novo, até a gravidez da esposa, correram muito bem, de modo que Ivan Ilitch já começava a pensar que o casamento não só não arruinaria aquela natureza de vida leve, agradável, alegre e sempre decente e aprovada pela sociedade que ele considerava inerente à vida em geral, como poderia até acentuá-la. Mas então, a partir dos primeiros meses de gravidez da esposa, surgiu algo novo, inesperado, desagradável, árduo e indecente, que não se poderia esperar e de que ele não poderia livrar-se de jeito nenhum.

A esposa, sem qualquer motivo, como parecia a Ivan Ilitch, de *gaieté de cœur*[15], como ele dizia para si, começou a destruir o que havia de agradável e decente na vida: sem qualquer razão, ela passou a ter ciúme dele, a exigir que cuidasse dela, a ralhar por tudo e a fazer-lhe cenas desagradáveis e grosseiras.

No início, Ivan Ilitch teve esperanças de livrar-se da contrariedade daquela situação com a mesma atitude leve e decente em relação à vida que o acudira antes – ele tentou ignorar o estado de espírito da mulher, continuou a viver de maneira leve e agradável, como antes: convidava amigos para umas partidas, tentava ir sozinho ao clube ou à casa dos outros. Mas, uma vez, usando palavras grosseiras, a esposa começou a ofendê-lo de maneira obstinada toda vez que ele deixava de cumprir suas exigências, visível e fortemente decidida a não parar até que ele se submetesse, ou seja, até que ele ficasse em casa, aborrecido como ela, e o fez com tanta energia que Ivan Ilitch ficou horrorizado. Ele entendeu que a vida conjugal – com a esposa dele, pelo menos – nem sempre contribuía para o que havia de agradável e decente na vida; ao contrário, com frequência destruía tudo aquilo, e que, por isso, era imprescindível proteger-

---

15 Em francês no original: "por capricho".

-se dessa destruição. E Ivan Ilitch começou a buscar meios para isso. O serviço era a única coisa que se impunha sobre Praskóvia Fiódorovna, e Ivan Ilitch, por meio do serviço e de suas obrigações decorrentes, começou a lutar contra a esposa, cercando seu mundo independente.

Com o nascimento da criança, com a tentativa de amamentá-la e os diversos fracassos nesse sentido, com as doenças, reais e imaginárias, da criança e da mãe, durante as quais a participação de Ivan Ilitch era exigida, mas das quais ele não conseguia entender nada, a necessidade de cercar seu mundo fora da família tornou-se ainda mais premente para ele.

À medida que a esposa se tornava mais irritadiça e exigente, Ivan Ilitch transferia cada vez mais o centro de gravidade de sua vida para o serviço. Ele passou a gostar mais do serviço e tornou-se mais ambicioso que antes.

Muito depressa, menos de um ano depois do casamento, Ivan Ilitch compreendeu que a vida conjugal, ainda que proporcionasse certas conveniências à vida, era em essência uma tarefa muito complicada e difícil, em relação à qual, para cumprir seu dever, ou seja, para levar uma vida decente e aprovada pela sociedade, era preciso elaborar determinada atitude, assim como no serviço.

E Ivan Ilitch conseguiu elaborar tal atitude em relação à vida conjugal. Da vida familiar, ele só exigia as conveniências que ela podia lhe proporcionar – o almoço caseiro, a dona de casa, a cama – e, sobretudo, aquela decência nas aparências, que era definida pela opinião pública. No mais, ele buscava alegria e prazer, e, se encontrava, ficava muito grato; mas, se recebia resistência e rabugice, imediatamente partia para seu mundo separado, cercado, o mundo do serviço, e nele encontrava prazer.

Ivan Ilitch era considerado um bom empregado e, depois de três anos, foi promovido a promotor suplente. As novas obrigações, a importância delas, a possibilidade de levar a tribunal e de prender qualquer um no calabouço, a publicidade dos discursos, o sucesso que Ivan Ilitch tinha nesses afazeres – tudo isso o atraiu ainda mais para o serviço.

Vieram mais filhos. A esposa tornou-se ainda mais rabugenta e irritadiça, mas a atitude que Ivan Ilitch elaborara em relação à vida doméstica tornou-o quase impermeável àquela rabugice.

Depois de sete anos de serviço na mesma cidade, Ivan Ilitch foi transferido para o cargo de promotor em outra província. Mudaram-se com pouco dinheiro, e a esposa não gostou do lugar para onde foram. Embora o ordenado fosse maior que o anterior, a vida era mais cara; além disso, dois filhos morreram, e assim a vida familiar tornou-se ainda mais desagradável para Ivan Ilitch.

Praskóvia Fiódorovna culpava o marido por todas as adversidades que ocorriam nessa nova residência. A maioria dos assuntos das conversas entre marido e mulher, especialmente a criação dos filhos, levavam a questões que traziam lembranças de discussões, e essas discussões estavam prontas para irromper a qualquer instante. Restavam apenas uns raros períodos em que a paixão tomava conta do casal, mas duravam pouco. Eram ilhotas, onde eles atracavam por um tempo, mas depois novamente lançavam-se a um mar de inimizade secreta, que se manifestava no afastamento um do outro. Esse afastamento poderia amargurar Ivan Ilitch se ele considerasse que não deveria ser assim, mas agora ele já considerava essa situação não apenas normal, como também o objetivo de sua atuação na família. Seu objetivo consistia em livrar-se cada vez mais desses aborrecimentos e conferir-lhes um caráter inofensivo e decente, o que ele alcançou passando cada vez menos tempo com a família, e, quando era obrigado a fazer isso, tentava assegurar sua posição com a presença de estranhos. Mas o mais importante era que Ivan Ilitch tinha seu serviço. No mundo do serviço, concentrava-se todo o interesse de sua vida. E esse interesse o absorvia. A consciência de seu poder, a possibilidade de arruinar qualquer pessoa que ele quisesse arruinar, a importância, até na aparência, de sua entrada no tribunal e de seus encontros com os subordinados, seu sucesso perante os superiores e os subordinados, e, sobretudo, a maestria com que conduzia as causas, maestria que ele podia sentir – tudo isso o alegrava e, juntamente com as conversas com os colegas, os almoços e o uíste, preenchia sua vida. Desse modo, a vida de Ivan Ilitch, no geral, continuou a transcorrer como ele acreditava que deveria: de maneira agradável e decente.

Assim ele viveu por outros sete anos. A filha mais velha já tinha dezesseis anos, mais uma criança tinha morrido, e sobrara o menino, o ginasiano, motivo de desavença. Ivan Ilitch queria colocá-lo na escola de jurisprudência, mas Praskóvia Fiódorovna, para contrariá-lo, colocou-o no ginásio. A filha estudava em casa e ia se desenvolvendo bem; o menino também não ia mal nos estudos.

Capítulo 3

Assim transcorreu a vida de Ivan Ilitch ao longo de dezessete anos a partir do casamento.

Ele já era um velho promotor que recusara algumas transferências, no aguardo de um cargo mais desejável, quando, de maneira inesperada, ocorreu uma situação desagradável, que por pouco não arruinou inteiramente a tranquilidade de sua vida. Ivan Ilitch aguardava pelo posto de presidente em uma cidade universitária, mas Goppe como que pulou na frente e conseguiu o cargo. Ivan Ilitch irritou-se, pôs-se a fazer acusações e brigou com ele e com a chefia imediata; passaram a tratá-lo com frieza, e, na nomeação seguinte, ele foi novamente preterido.

Isso foi em 1880. Aquele ano foi o mais difícil da vida de Ivan Ilitch. Naquele ano revelou-se, por um lado, que o ordenado não era suficiente para a vida; por outro, que todos tinham se esquecido dele, e que o fato que lhe parecia a maior e mais cruel injustiça em relação a si era, para os outros, absolutamente comum. Nem o pai considerou sua obrigação ajudá-lo. Ele sentia que todos o haviam abandonado, considerando como normal e até feliz a sua situação com um ordenado de 3,5 mil. Só ele sabia que, com a consciência das injustiças que lhe tinham sido feitas, com a eterna importunação da esposa, e com as dívidas que ele começara a fazer vivendo acima de seus recursos... só ele sabia que sua situação nem de longe era normal.

Naquele ano, para aliviar as despesas, ele tirou uma licença e foi passar o verão com a esposa no campo, na casa do irmão de Praskóvia Fiódorovna.

No campo, longe do serviço, Ivan Ilitch sentiu, pela primeira vez, não só tédio, mas uma angústia insuportável, e decidiu que não podia viver assim e que era necessário tomar certas medidas drásticas.

Depois de passar uma noite em claro, durante a qual ficou caminhando pelo terraço, ele decidiu ir a Petersburgo para tomar providências e, a fim de punir aqueles que não souberam apreciá-lo, transferir-se para outro ministério.

No outro dia, a despeito de todas as tentativas de dissuadi-lo feitas pela esposa e pelo cunhado, ele partiu em direção a Petersburgo.

Foi em busca de uma só coisa: obter um posto com ordenado de 5 mil. Ele já não se prendia a nenhum ministério, a nenhuma corrente ou tipo de função. Ele só precisava de um posto, um posto de 5 mil, na administração, nos bancos, nas ferrovias, nas instituições da imperatriz Maria[16], até na alfândega, mas que fossem 5 mil sem falta, e que ele saísse sem falta do ministério em que não souberam apreciá-lo.

E eis que essa viagem de Ivan Ilitch foi coroada com um êxito impressionante e inesperado. Em Kursk, F. S. Ilin, um conhecido, embarcou com ele na primeira classe

---

16 Maria Fiódorovna (1759–1828), esposa do tsar Paulo I, criou, no início do século XIX, uma série de instituições de caridade e de ensino para moças da nobreza. Mais tarde, essas instituições passaram a ser geridas pelo governo.

e o informou a respeito de um telegrama recente, recebido pelo governador de Kursk, segundo o qual estava para acontecer, por aqueles dias, uma reviravolta no ministério: Ivan Semiónovitch seria indicado para o cargo de Piotr Ivánovitch.

A suposta reviravolta, além de seu significado para a Rússia, tinha um significado especial para Ivan Ilitch pelo fato de que ela, ao promover uma nova figura, a de Piotr Ivánovitch e, aparentemente, a de seu amigo Zakhar Ivánovitch, era altamente favorável a Ivan Ilitch. Zakhar Ivánovitch era colega e amigo de Ivan Ilitch.

Em Moscou, a notícia foi confirmada. E, ao chegar a Petersburgo, Ivan Ilitch encontrou Zakhar Ivánovitch e recebeu a promessa de um posto assegurado em seu antigo ministério, o da Justiça.

Uma semana depois, ele telegrafou à esposa:

"Zakhar cargo Miller primeiro informe recebo nomeação."

Graças a essa mudança de pessoal, Ivan Ilitch inesperadamente recebeu, em seu antigo ministério, uma nomeação que o colocou dois degraus acima de seus colegas: 5 mil de ordenado, e 3,5 mil de abono de transferência. O despeito contra seus antigos inimigos e contra todo o ministério foi esquecido, e Ivan Ilitch ficou plenamente feliz.

Ivan Ilitch voltou para o campo animado, satisfeito, como não ficava havia tempos. Praskóvia Fiódorovna também se animou, e entre eles concluiu-se uma trégua. Ivan Ilitch contou sobre como foi honrado por todos em Petersburgo, como todos aqueles que tinham sido seus inimigos foram envergonhados e agora agiam de maneira vil perante ele, como o invejavam por sua posição, especialmente pelo fato de que todos em Petersburgo o amavam muito.

Praskóvia Fiódorovna ouviu aquilo e fez cara de que acreditava em tudo, e não contradisse nada, ficou só fazendo planos dos novos arranjos para a vida na cidade para a qual se mudariam. E Ivan Ilitch viu, com alegria, que aqueles planos eram os seus planos, que eles estavam de acordo, e que sua vida, depois de titubear, novamente adquiria o verdadeiro caráter que lhe era próprio: de satisfação, prazer e decência.

Ivan Ilitch voltou para ficar pouco. Ele tinha que assumir a função no dia 10 de setembro e, além disso, precisava de tempo para se acomodar no novo local, trazer tudo da província, comprar algumas coisas, encomendar muitas outras mais; resumindo, acomodar-se do modo como fora decidido em sua mente, e quase do mesmíssimo modo como fora decidido no coração de Praskóvia Fiódorovna.

E agora que tudo estava acomodado com tanto êxito, e que os objetivos dele e da esposa coincidiam, e que, além disso, eles passavam pouco tempo juntos, começaram a conviver com uma harmonia com que não tinham convivido desde os primeiros anos da vida conjugal. Ivan Ilitch havia pensado em levar a família consigo imediatamente, mas as solicitações da irmã e do cunhado, que de repente tinham se tornado particularmente amáveis e íntimos de Ivan Ilitch e de sua família, fizeram com que ele viajasse sozinho.

Ivan Ilitch partiu, e seu estado de espírito alegre, produzido pelo sucesso e pela concórdia com a esposa, um reforçando o outro, não o abandonou em nenhum momento. Ele achou um apartamento encantador, justamente aquele com que sonhavam marido e mulher. Salas de recepção amplas, altas, à moda antiga, um escritório grandioso e confortável, quartos para a esposa e para a filha, uma sala de aula para o filho – tudo parecia pensado especialmente para eles. O próprio Ivan Ilitch encarregou-se da decoração, escolheu o papel de parede, comprou toda a mobília – a maioria de antiquário, a que ele atribuía um estilo particularmente *comme il faut* –, o estofamento, e tudo foi crescendo, crescendo, e aproximando-se daquele ideal que ele determinara para si. Quando chegou à metade da arrumação, sua decoração excedeu as expectativas. Ele se deu conta do caráter *comme il faut*, elegante e nada vulgar que tudo aquilo haveria de adquirir quando estivesse pronto. Antes de adormecer, ficava imaginando como seria o salão. Ao olhar para a sala de estar, ainda não concluída, ele já enxergava a lareira, o guarda-fogo, a estante e as cadeirinhas espalhadas, as travessas e os pratos nas paredes e os bronzes, quando todos eles estivessem em seus lugares. Ficava alegre com o pensamento de que impressionaria Pacha e Lízanka[17], que também tinham gosto por aquilo. Elas não esperariam por aquilo de jeito nenhum. Ele tivera particular êxito em encontrar e comprar por um bom preço objetos antigos,

---

17 Diminutivos dos nomes Praskóvia e Liza, respectivamente.

que conferiam a tudo um caráter particularmente nobre. Em suas cartas, ele apresentava tudo de uma maneira pior do que era, de propósito, para impressioná-las depois. Tudo aquilo o interessava tanto que até seu novo serviço – na profissão que ele amava – interessava-o menos do que ele esperava. Nas sessões, ele tinha momentos de distração: ficava pensando em como seriam as cornijas das cortinas – lisas ou embutidas. Ficava tão entretido com aquilo que chegava a cuidar ele próprio das coisas, mudava os móveis de lugar e costurava pessoalmente as cortinas. Uma vez, ele subiu numa escadinha, para explicar ao tapeceiro como queria que fosse o drapejamento, tropeçou e caiu, mas, como homem forte e ágil que era, segurou-se, batendo só o flanco no puxador de um caixilho. O machucado doeu, mas logo passou. Durante todo aquele tempo, Ivan Ilitch sentiu-se particularmente animado e saudável. Ele escreveu: "sinto que rejuvenesci uns quinze anos". Ele pensava em terminar as obras em setembro, mas atrasou até a metade de outubro. Em compensação, estava esplêndido – não era só ele que dizia, mas todos que o tinham visto lhe diziam isso.

Mas, na realidade, era tudo igual ao que se encontra na casa de todas as pessoas não propriamente ricas, mas que querem parecer ricas e que, por isso, no máximo se parecem umas com as outras: estofo, ébano, flores, tapetes e bronzes, coisas escuras e reluzentes – tudo aquilo que todas as pessoas de determinado tipo fazem para ficar parecidas com todas as outras pessoas daquele tipo. E a casa dele ficou tão comum que nem dava para prestar atenção;

mas, para ele, tudo aquilo parecia, por algum motivo, especial. Quando encontrou seus familiares na estação ferroviária, trouxe-os até seu apartamento pronto e iluminado, e um criado de gravata branca abriu a porta que dava para a antessala decorada com flores, e eles depois entraram na sala de estar, no escritório, soltando exclamações de satisfação – ele ficou muito feliz, acompanhou-os por toda parte, sorvendo-lhes os elogios, radiante de satisfação. Naquela mesma noite, quando, na hora do chá, Praskóvia Fiódorovna perguntou-lhe de passagem como tinha caído, ele começou a rir e a imitar a maneira como tinha voado e assustado o tapeceiro.

– Não é por acaso que eu sou um ginasta. Outro teria se matado, mas eu só bati um pouquinho aqui; quando eu encosto, dói, mas logo passa; é só um hematoma.

E começaram a viver na nova residência, onde, como sempre acontece quando se está bem instalado, faltava só um quarto, e com os novos recursos, aos quais, como sempre acontece, faltava só um pouquinho – coisa de quinhentos rublos –, e tudo ficou muito bem. As coisas estiveram particularmente bem nos primeiros tempos, quando nem tudo ainda estava arrumado e ainda era preciso arrumar: ora comprar algo, ora encomendar, ora mudar de lugar, ora consertar. Embora houvesse certa discordância entre marido e mulher, ambos estavam tão satisfeitos, e havia tantos afazeres, que tudo acabava sem grandes brigas. Quando não havia mais nada a ser arrumado, as coisas ficaram um pouco mais enfadonhas, e parecia faltar algo, mas então já tinham surgido novas amizades e costumes, e a vida preencheu-se.

Depois de passar a manhã no tribunal, Ivan Ilitch voltava para almoçar, e, no início, seu estado de espírito era bom, embora sofresse um pouco, justamente por causa da residência. (Qualquer mancha na toalha de mesa, no estofo, um fio solto na cortina, deixavam-no irritado: ele tinha se esforçado tanto na decoração que lhe doía qualquer estrago.) Mas, no geral, a vida de Ivan Ilitch transcorria como a vida deveria transcorrer, de acordo com sua crença: de modo leve, agradável e decente. Ele se levantava às nove horas, tomava café, lia o jornal, depois vestia o uniforme e ia para o tribunal. Lá, já estava lasseada a correia com que ele trabalhava; logo ela coube nele. Os solicitantes, os atestados na chancelaria, a própria chancelaria, as sessões – públicas e administrativas. Em tudo isso, era necessário saber excluir aquelas coisas cruas da vida real que sempre perturbam o curso regular das questões oficiais: não se pode admitir que sejam estabelecidas com as pessoas quaisquer relações que não as oficiais, e o motivo para essas relações deve ser somente oficial, e as próprias relações, somente oficiais. Por exemplo, uma pessoa chega desejando saber algo. Ivan Ilitch, estando fora de sua função, nem pode ter qualquer relação com essa pessoa; mas, se surge uma relação entre essa pessoa e ele na qualidade de membro do judiciário, uma relação que poderia ser registrada em papel timbrado, então, nos limites dessa relação, Ivan Ilitch fará tudo, rigorosamente tudo que for possível, e, nesse ínterim, observará algo semelhante a uma relação humana de amizade, ou seja, de cortesia. Assim que terminar a relação oficial, termina também qualquer outra. Ivan Ilitch possuía, no mais alto grau, essa capacidade de separar o lado oficial, sem misturá-lo com sua vida real, e, com a longa prática e o talento, aperfeiçoou-a a tal ponto que, às vezes, como um virtuose, permitia a si, como que por brincadeira, misturar as relações humanas e oficiais. Ele permitia isso porque sentia ter em si a força para novamente destacar, sempre que lhe fosse necessário, só o lado oficial, e deixar de fora o humano. Esse afazer era cumprido por Ivan Ilitch não só de modo leve, agradável e decente, mas até virtuoso. Nos intervalos, ele fumava, tomava chá, conversava um pouco sobre política, um pouco sobre assuntos gerais, um pouco sobre jogos de cartas e, sobretudo, sobre nomeações. E, cansado, mas com o sentimento de um virtuose que arrematou com precisão sua parte, um dos primeiros violinos da orquestra, ele voltava para casa. Em casa, a filha e a mãe tinham ido a algum lugar, ou alguém tinha vindo visitá-las; o filho estava no colégio, fazendo as lições com os professores particulares ou estudando com afinco o que tinham ensinado. Tudo ia bem. Depois do almoço, se não havia visitas, Ivan Ilitch às vezes lia um livro que vinha sendo muito comentado e, à noite, pegava algum processo, ou seja, lia a papelada, consultava as leis, comparava os testemunhos e punha-os de acordo com as leis. Aquilo, para ele, não era nem enfadonho, nem divertido. Só era enfadonho quando podia estar jogando *vint*; mas, se não havia *vint*, aquilo ainda era melhor que ficar sozinho ou com a esposa. O prazer de Ivan Ilitch, porém, eram os pequenos jantares, para os quais ele convidava damas e cavalheiros importantes em sua posição social, e passar o tempo com eles era igual a passar tempo com qualquer pessoa daquele tipo, da mesma maneira que sua sala de estar era igual a todas as salas de estar.

Uma vez até fizeram uma festa em sua casa, houve danças. E ele ficou contente, e tudo correu bem, só houve uma grande briga com a esposa por causa dos bolos e dos doces: Praskóvia Fiódorovna tinha seu próprio plano, mas Ivan Ilitch insistiu em comprar tudo de um confeiteiro caro, e comprou muitos bolos, e a briga aconteceu porque os bolos sobraram, e a conta do confeiteiro ficou em quarenta e cinco rublos. A briga foi longa e desagradável, tanto que Praskóvia Fiódorovna disse-lhe: "Tolo, ranzinza". Ele, por sua vez, levava as mãos à cabeça, enquanto algo em seu coração sugeria o divórcio. Mas a festa em si foi animada. A melhor companhia estava presente, e Ivan Ilitch dançou com a princesa Trufonova, irmã daquela que ficara famosa pela fundação da sociedade "Leve Embora Meu Pesar". Os prazeres do serviço eram os prazeres do amor-próprio; os prazeres da sociedade eram os prazeres da vaidade; mas os verdadeiros prazeres de Ivan Ilitch eram os prazeres do jogo de *vint*. Ele reconhecia que, depois de tudo, depois de qualquer acontecimento desagradável em sua vida, o prazer que ardia como uma vela, mais que todos os outros, era sentar-se para jogar *vint*, com bons jogadores e parceiros que não fossem gritalhões, e sempre em grupos de quatro (é muito ruim em grupos de cinco, embora a pessoa faça de conta que está gostando muito), e jogar uma partida inteligente e séria (quando as cartas vêm), depois jantar e tomar um copo de vinho. E, depois do *vint*, especialmente com um pequeno lucro (quando grande é desagradável), Ivan Ilitch deitava-se para dormir num estado de espírito particularmente bom.

Assim viviam eles. Em torno deles formou-se o melhor círculo social possível; eles eram visitados tanto por pessoas importantes como por jovens.

Na maneira como viam seu círculo de amizades, o marido, a esposa e a filha estavam em pleno acordo e, sem ter combinado de antemão, apartavam de si e livravam-se de diversos conhecidos e parentes, uns porcalhões que, esvoaçando, vinham com afagos à sala de estar adornada com pratos japoneses nas paredes. Logo, esses amigos porcalhões pararam de pousar e, na casa dos Golovin, permaneceu só a melhor companhia. Os jovens cortejavam Lízanka, e Petríschev, filho de Dmítri Ivánovitch Petríschev e único herdeiro de sua fortuna, juiz de instrução, começou a cortejar Liza, de modo que Ivan Ilitch já falava sobre isso com Praskóvia Fiódorovna: talvez fosse o caso de levá-los para um passeio de *troika*[18] ou de organizar um espetáculo. Assim viviam eles. E tudo corria assim, sem mudanças, e tudo ia muito bem.

---

18 Tipo tradicional de carruagem russa puxada por três cavalos, um deles trotando e os outros galopando.

Capítulo 4

Todos estavam saudáveis.

Não se podia chamar de falta de saúde o fato de que Ivan Ilitch, às vezes, dizia sentir um gosto estranho na boca e certo incômodo no lado esquerdo da barriga.

Mas ocorreu que esse incômodo começou a aumentar e a transformar-se, ainda não em dor, mas numa sensação de peso constante no flanco e num mau humor. Esse mau humor, que se tornava cada vez mais forte, começou a corromper a vida agradável, leve e decente que vinha se estabelecendo na família Golovin. O marido e a esposa começaram a brigar com mais e mais frequência, e logo sumiu a parte leve e agradável, mantendo-se com esforço apenas a parte decente da vida. Os escândalos novamente tornaram-se comuns. Novamente restaram só as ilhotas, e eram poucas aquelas em que o marido e a esposa podiam entender-se sem explosões.

E agora Praskóvia Fiódorovna dizia, não sem motivo, que o marido tinha um caráter difícil. Com seu costume peculiar de exagerar, ela dizia que esse caráter terrível sempre existira, que ela precisara de benevolência para suportar aqueles vinte anos. A verdade é que agora as brigas eram começadas por ele. Suas amolações sempre começavam logo antes do almoço e, com frequência, precisamente quando ele começava a comer, na hora da sopa. Ora ele percebia alguma rachadura na louça, ora era a comida que não estava boa, ora era o filho que tinha colocado o cotovelo sobre a mesa, ora era o penteado da filha. E ele punha em Praskóvia Fiódorovna a culpa de tudo. No início, ela começou a responder-lhe, dizendo coisas desagradáveis, mas, umas duas vezes, ele ficou tão furioso no início do almoço que ela percebeu tratar-se de uma manifestação da doença, provocada nele pela ingestão da comida, e resignou-se; passou a não responder, só almoçava com pressa. Praskóvia Fiódorovna considerava essa resignação um grande mérito seu. Tendo decidido que seu marido tinha um caráter terrível e fazia sua vida infeliz, ela passou a ter dó de si mesma. E, quanto mais se compadecia, mais odiava o marido. Começou a desejar que ele morresse, mas não podia desejar isso, porque então não haveria o ordenado. E isso a deixava ainda mais irritada com ele. Considerava-se muito infeliz, justamente pelo fato de que nem a morte dele poderia salvá-la, e se irritava, escondia a irritação, e essa sua irritação escondida fortalecia a irritação dele.

Depois de uma briga, na qual Ivan Ilitch foi particularmente injusto, e depois de ele dizer, como explicação, que estava de fato irritadiço, mas que era por causa da doença, ela lhe disse que, se estava doente, deveria tratar-se, e exigiu que fosse ver um médico famoso.

Ele foi. Tudo se deu como ele esperava; tudo se deu como sempre acontece. A espera, o ar afetado de importância típico dos médicos e que lhe era conhecido, este mesmo que ele sabia ter em si no tribunal, as batidinhas, a auscultação, as perguntas que exigiam respostas determinadas de antemão e aparentemente desnecessárias, o olhar expressivo que parecia dizer "o senhor só tem que se submeter, e nós vamos cuidar de tudo – nós temos o conhecimento, sem qualquer dúvida, de como tudo deve ser cuidado, e é da mesma maneira para qualquer pessoa que o senhor quiser". Era tudo exatamente como no tribunal. A impressão que ele passava aos réus no tribunal era exatamente essa que o famoso doutor lhe passava.

O doutor dizia: isso e aquilo indicam que há isso e aquilo dentro do senhor; mas, se isso não for confirmado por esse e aquele exame, devemos presumir que o senhor tem tal e tal coisa. E, se presumirmos tal coisa, então... e assim por diante. Para Ivan Ilitch só era importante uma questão: sua situação era perigosa ou não? Mas o médico ignorou essa questão descabida. Do ponto de vista do médico, aquela era uma pergunta fútil e nem cabia discuti-la; existia somente a avaliação das possibilidades – rins soltos, catarro crônico ou doença do intestino cego. Não havia qualquer dúvida sobre a vida de Ivan Ilitch, mas havia uma indecisão entre rim flutuante e doença cecal. E, de maneira brilhante, bem diante dos olhos de Ivan Ilitch, o médico resolveu essa indecisão em favor da doença cecal, com a ressalva de que o exame de urina poderia dar novas pistas e que, então, o caso teria que ser revisto. Tudo isso era exatamente igual ao que o próprio Ivan Ilitch fizera milhares de vezes com os réus, da mesma maneira brilhante. De modo igualmente brilhante, o médico fez seu prognóstico e, com ar triunfante, até mesmo alegre, olhou para o réu por cima dos óculos.

Do prognóstico do médico, Ivan Ilitch chegou à conclusão de que a coisa ia mal, e que para ele, para o médico, e talvez para todo mundo, era indiferente, mas ele estava mal. E essa conclusão deixou Ivan Ilitch dolorosamente abalado, provocando nele um sentimento de grande pena de si e uma grande raiva por aquele médico, tão indiferente a tão importante questão.

Mas ele não disse nada, só se levantou, pôs o dinheiro sobre a mesa e, suspirando, falou:

– Nós, doentes, provavelmente fazemos essas perguntas descabidas com frequência – disse ele. – Em geral, essa doença é perigosa ou não...?

Com ar severo, o médico olhou de relance para ele através dos óculos, como que dizendo: réu, se o senhor não se mantiver dentro dos limites das perguntas que lhe são dirigidas, serei obrigado a dar ordem de removê-lo do tribunal.

– Já disse ao senhor o que considerava necessário e adequado – disse o médico. – O restante será mostrado pelos exames. – E o médico cumprimentou-o.

Ivan Ilitch saiu devagar, acomodou-se tristonho no trenó e foi para casa. Durante todo o caminho, rememorou sem parar o que o médico dissera, tentando traduzir para uma linguagem simples todas aquelas confusas e obscuras palavras científicas, e ler nelas a resposta para a pergunta: estou mal, muito mal, ou ainda bem? E ficou com a impressão de que o sentido de tudo que fora dito pelo médico era o de que estava muito mal. Tudo nas ruas pareceu triste a Ivan Ilitch. Os cocheiros eram tristes, as casas eram tristes, os transeuntes, as vendas eram tristes. E aquela dor, surda, profunda, que não parava por um segundo, pareceu ganhar, por causa da fala obscura do médico, outro significado, mais sério. Agora, Ivan Ilitch prestava atenção nela com uma nova e pesada sensação.

Chegou em casa e pôs-se a contar para a esposa. Ela o ouvia, mas, na metade do relato, a filha entrou, de chapéu: preparava-se para sair com a mãe. Com esforço, ela se sentou para ouvir aquela maçada, mas não aguentou por muito tempo, e nem a mãe ouviu até o fim.

– Bom, fico muito feliz – disse a esposa –, mas agora veja lá, tome direito o remédio. Dê-me a receita, eu mando Guerássim à farmácia. – E foi se trocar.

Ele não tomara fôlego enquanto ela estava na sala, e suspirou profundamente quando ela saiu.

– Pois bem – disse ele. – Talvez por ora não seja mesmo nada...

Começou a tomar os remédios e a cumprir as prescrições do médico, que mudaram por ocasião do exame de urina. Mas foi precisamente aí que aconteceu uma confusão, no exame e no que deveria sucedê-lo. Não era possível comunicar-se diretamente com o médico, e, no fim das contas, não estava ocorrendo aquilo que o médico lhe dissera. Ou tinha esquecido, ou tinha mentido, ou estava escondendo algo dele.

Mas Ivan Ilitch, mesmo assim, começou a cumprir à risca as prescrições e, no ato de cumpri-las, de início encontrou consolo.

A principal ocupação de Ivan Ilitch, desde a visita ao médico, tornou-se o cumprimento à risca das prescrições em relação à higiene e à ingestão dos remédios, e a observação minuciosa de sua dor e de todas as funções de seu organismo. Os principais interesses de Ivan Ilitch tornaram-se as doenças humanas e a saúde humana. Quando falavam, em sua presença, de doentes, de pessoas que tinham falecido ou se restabelecido, especialmente de doenças que eram semelhantes à sua, ele, tentando esconder a agitação, prestava atenção, fazia perguntas e aplicava aquilo à sua doença.

A dor não diminuía; mas Ivan Ilitch fazia esforço para obrigar-se a pensar que se sentia melhor. E ele até conseguia enganar-se quando nada o perturbava. Mas, assim que acontecia algo desagradável com a esposa, qualquer revés no serviço, cartas ruins no *vint*, ele logo sentia sua doença com toda a força; outrora ele suportaria esses reveses, na expectativa de que em breve corrigiria o que ia mal, triunfaria, obteria o sucesso, o *grand slam*. Agora, porém, qualquer revés o abatia e o lançava ao desespero. Ele dizia para si: foi só eu começar a melhorar e os remédios passarem a fazer efeito, e veio esse maldito infortúnio ou aborrecimento... E ele ficava com raiva do infortúnio ou das pessoas que tinham causado aquele aborrecimento e que o estavam matando, e sentia que aquela raiva o estava matando; mas não conseguia evitá-la. Era de imaginar que, para ele, fosse claro que essa exasperação contra as circunstâncias e contra as pessoas fortaleceria a sua doença e que, por isso, ele não deveria dar atenção a eventualidades desagradáveis; mas ele chegava a uma conclusão totalmente oposta: dizia que precisava de tranquilidade, cuidava de tudo que perturbasse essa tranquilidade e, a qualquer perturbação mínima, cedia à irritação. Sua situação piorava pelo fato de que ele lia livros de medicina e consultava médicos. A piora se dava de modo tão regular, que ele podia se enganar, comparando um dia com o outro – havia pouca diferença. Mas, quando consultava os médicos, parecia-lhe que estava piorando, e até muito depressa. Apesar disso, consultava os médicos regularmente.

Naquele mês, ele visitou outra celebridade: esta segunda disse quase o mesmo que a primeira, mas levantando outras questões. E a consulta com essa celebridade só aprofundou a dúvida e o medo de Ivan Ilitch. O amigo de um amigo – médico muito bom – diagnosticou a doença de maneira totalmente diferente e, apesar de prometer o restabelecimento, suas perguntas e suposições confundiram Ivan Ilitch ainda mais e reforçaram suas dúvidas. Um homeopata deu ainda outro diagnóstico e receitou um remédio, e Ivan Ilitch tomou-o escondido de todos. Mas, depois de uma semana, sem sentir qualquer alívio e perdendo a confiança tanto nos tratamentos anteriores, como também nesse, recaiu num desânimo ainda maior. Uma vez, uma senhora conhecida contou-lhe da cura pelos ícones. Ivan Ilitch surpreendeu-se ouvindo atentamente e dando crédito àquilo como se fosse um fato. O incidente deixou-o amedrontado. "Será que estou mentalmente tão enfraquecido?", indagou-se. "Tolice! É tudo besteira, não devo ceder a manias, mas sim escolher um só médico e ater-me rigorosamente ao seu tratamento. É o que farei. Agora acabou. Não vou pensar e, até o verão, cumprirei rigorosamente o tratamento. E lá veremos. Agora basta dessas hesitações!..." Era fácil dizer isso, mas impossível cumprir. A dor no flanco afligia cada vez mais, ficava cada vez mais forte, tornava-se constante, o gosto na boca cada vez mais estranho, tinha a impressão de que um cheiro repugnante vinha de sua boca, e o apetite e as forças perdiam-se cada vez mais. Não podia mais se enganar: dentro dele ocorria algo terrível, novo e significativo, significativo como nada nunca fora na vida de Ivan Ilitch. E só ele sabia disso, pois todos os que o cercavam não entendiam ou não queriam entender, e pensavam que tudo no mundo transcorria como antes. Isso era o que mais atormentava Ivan Ilitch. Ele via que os de casa – principalmente a esposa e a filha, que estavam bem no auge das saídas – não entendiam nada, ficavam desgostosos por ele estar tão aborrecido e exigente, como se ele fosse culpado daquilo. Embora eles tentassem esconder, ele via que tinha se tornado um estorvo, e que a esposa desenvolvera determinada atitude em relação à sua doença que ela sustentava independentemente do que ele dissesse ou fizesse. Essa atitude era a seguinte:

– Vocês sabem – dizia ela aos conhecidos –, Ivan Ilitch não consegue, como toda a boa gente, cumprir à risca o tratamento prescrito. Hoje ele toma as gotas, come o que foi recomendado e deita-se na hora; amanhã, de repente, se eu deixo passar, ele se esquece de tomar, come esturjão (o que não foi recomendado), e ainda fica jogando *vint* até uma da manhã.

– Mas quando foi isso? – perguntava Ivan Ilitch, desgostoso. – Foi uma vez, na casa de Piotr Ivánovitch.

– E ontem, com Chebek.

– De qualquer maneira eu não conseguia dormir por causa da dor...

– Não importa por que motivo, só que assim você nunca vai se recuperar e vai continuar nos atormentando.

A atitude de Praskóvia Fiódorovna em relação à doença do marido, evidente e manifesta aos outros e a ele mesmo, era de que a culpa pela doença era de Ivan Ilitch, e que a tal doença era um novo aborrecimento que ele causava à esposa. Ivan Ilitch sentia que ela fazia aquilo de maneira involuntária, mas isso não tornava as coisas mais fáceis.

No tribunal, Ivan Ilitch percebia, ou pensava perceber, a mesma atitude estranha em relação a ele: ora tinha a impressão de que o olhavam como alguém prestes a desocupar o posto; ora seus amigos de repente começavam a zombar amistosamente de suas manias, como se aquela coisa horrível, apavorante, inaudita que surgira dentro dele e que o sugava sem parar, arrastando-o impetuosamente a alguma parte, fosse o objeto mais agradável para zombaria. Irritava-o especialmente Chvarts, com seu caráter jocoso, vivaz e *comme il faut*, que lembrava Ivan Ilitch dele mesmo dez anos antes.

Os amigos vinham jogar uma partida. As cartas novas eram distribuídas, amaciadas, iam mostrando ouro atrás de ouro, sete deles. O parceiro disse: sem trunfos, e bateu com dois ouros. Que mais poderia querer? Deveria estar alegre, animado – era um *slam*. E, de repente, Ivan Ilitch sentia aquela dor pungente, aquele gosto na boca, e parecia-lhe uma insensatez que pudesse alegrar-se com um *slam* em meio àquilo.

Ele observou Mikhail Mikháilovitch, seu parceiro, bater na mesa com sua mão sanguínea e evitar, de maneira cortês e indulgente, apanhar a vaza[19], a qual moveu na direção de Ivan Ilitch, para dar a ele a satisfação de recolhê-la sem ter o trabalho de esticar muito o braço. "O que é que ele está pensando, que estou tão fraco que não posso esticar muito o braço?", pensou Ivan Ilitch, esqueceu os trunfos, trunfou uma vez mais com as suas e perdeu o *slam* por três – e o mais terrível de tudo era ver Mikhail Mikháilovitch sofrendo, enquanto para ele era indiferente. E era terrível pensar por que razão para ele era indiferente.

Todos viram que estava difícil para ele e disseram-lhe: "Podemos parar, se estiver cansado. Pode descansar". Descansar? Não, não estava nem um pouco cansado, eles terminariam de jogar o *rubber*. Todos ficaram soturnos e silenciosos. Ivan Ilitch sentia que era ele quem tinha provocado essa soturnidade, e que não podia dissipá-la. Eles jantaram e se retiraram, e Ivan Ilitch ficou sozinho, com a consciência de que sua vida estava envenenada, e que estava envenenando a vida dos outros, e que esse veneno não enfraquecia, mas penetrava cada vez mais todo o seu ser.

---

19 Cartas jogadas de cada vez e recolhidas, todas juntas, por quem ganha o lance.

Com essa consciência, e também com a dor física, e ainda com o terror, ele tinha que deitar-se na cama e, frequentemente, ficar sem dormir a maior parte da noite, por causa da dor. E, pela manhã, tinha de novo que levantar-se, vestir-se, ir ao tribunal, falar, escrever, e, se não saísse, passar o dia em casa, com as mesmas vinte e quatro horas, das quais cada uma era um tormento. E tinha que viver assim, à beira da morte, sozinho, sem ninguém que o compreendesse e tivesse pena dele.

Capítulo 5

Assim foi por um mês, depois dois.

Próximo ao Ano-Novo, chegou à cidade o cunhado, que se hospedou na casa deles. Ivan Ilitch estava no tribunal. Praskóvia Fiódorovna tinha ido às compras. Ao entrar em seu escritório, Ivan Ilitch encontrou o cunhado, sanguíneo, saudável, desfazendo sozinho sua mala. Ele ergueu a cabeça ao ouvir os passos de Ivan Ilitch, e o olhou por um segundo, em silêncio. Aquele olhar revelou tudo a Ivan Ilitch. O cunhado abriu a boca para soltar um ai, mas conteve-se. Esse movimento confirmou tudo.

– Que foi, mudei muito?

– Sim... está diferente.

E depois, por mais que Ivan Ilitch tentasse conduzir a conversa para a sua aparência, o cunhado se esquivava. Praskóvia Fiódorovna chegou, o cunhado saiu com ela. Ivan Ilitch trancou a porta à chave e começou a olhar-se no espelho – de frente, depois de lado. Pegou seu retrato com a esposa e confrontou com o que via no espelho. A mudança era enorme. Depois, ele desnudou os braços até os cotovelos, observou, abaixou as mangas, sentou-se na otomana[20] e ficou mais sombrio que a noite.

"Não devo, não devo", disse a si mesmo, então deu um salto, aproximou-se da mesa, abriu um processo, começou a ler, não conseguiu. Destrancou a porta, foi ao salão. A porta

_____

20 Modelo de sofá comprido e sem encosto.

54   LIEV TOLSTÓI

da sala estava fechada. Ele se aproximou dela de mansinho e pôs-se a ouvir.

– Não, você está exagerando – dizia Praskóvia Fiódorovna.

– Como, exagerando? Você não vê? Ele é um homem morto, veja os olhos dele. Não têm luz. O que é que ele tem?

– Ninguém sabe. Nikoláiev – era o outro médico – disse uma coisa, mas eu não sei. Leschetítski – era o médico famoso – disse o oposto...

Ivan Ilitch afastou-se, foi para seu quarto, deitou-se e pôs-se a pensar: "O rim, o rim flutuante". Ele relembrou tudo que os médicos lhe tinham dito, que o rim se soltava e começava a deslocar-se. E, com a força da imaginação, Ivan Ilitch tentava agarrar aquele rim e detê-lo, fixá-lo; parecia ser tão fácil. "Não, vou de novo ver Piotr Ivánovitch." (Era o amigo que tinha um amigo médico.) Ele chamou, deu ordem de atrelar um cavalo e preparou-se para sair.

– Aonde você vai, Jean[21]? – perguntou a esposa, com uma expressão particularmente triste e estranhamente bondosa.

Aquele tom estranhamente bondoso exasperou-o. Ele a olhou com ar sombrio.

– Preciso ir à casa de Piotr Ivánovitch.

Foi ver o amigo que tinha o amigo médico. E foi com ele ver o médico. Conseguiu encontrá-lo e teve com ele uma longa conversa.

---

21 Jean é o equivalente francês do nome russo Ivan.

Considerando os detalhes anatômicos e fisiológicos do que, na opinião do médico, se passava dentro de Ivan Ilitch, o doutor compreendeu tudo.

Havia uma coisinha, uma coisinha pequena no ceco. Tudo aquilo podia ser curado. Aumentar a energia de um órgão, atenuar a atividade de outro, ocorreria a absorção, e tudo seria curado. Atrasou-se um pouco para o almoço. Almoçou, conversou alegremente, mas por muito tempo não conseguiu sair para cuidar de seus afazeres. Enfim, saiu para o escritório e imediatamente sentou-se para trabalhar. Leu os processos, trabalhou, mas não o abandonava a consciência de que tinha adiado um importante assunto íntimo, do qual trataria quando terminasse. Quando terminou os processos, lembrou-se de que esse assunto íntimo eram os pensamentos sobre o ceco. Mas não se entregou a eles, foi à sala de estar para tomar chá. Havia visitas, conversando, tocando piano, cantando; estava ali o juiz de instrução, o noivo desejado para a filha. Pelo que percebeu Praskóvia Fiódorovna, Ivan Ilitch passou a noite mais animado que nas outras, mas nem por um minuto ele se esqueceu de que tinha adiado importantes pensamentos sobre o ceco. Às onze horas, ele se despediu e se recolheu. Desde o início de sua doença, ele passara a dormir sozinho num pequeno quartinho ao lado do escritório. Ele entrou, despiu-se e pegou um romance de Zola, mas não o leu, ficou pensando. Em sua imaginação, acontecia a tão desejada reparação do ceco. Ocorria a absorção, a ejeção, e o funcionamento normal era restabelecido. "Sim, é bem assim", disse a si. "Só tenho que ajudar a natureza." Lembrou-se do remédio, soergueu-se, tomou-o, deitou-se de costas, concentrando-se em como o remédio agia de modo benéfico e como destruía a dor. "É só tomar regularmente e evitar ações nocivas; agora eu já me sinto um pouco melhor, bem melhor." Começou a tatear o flanco – ao toque, não doía. "Não estou mesmo sentindo, já está bem melhor." Apagou a vela e deitou-se de lado... O ceco estava se recuperando, absorvendo. De repente, ele sentiu a velha e conhecida dor, surda e pungente, persistente, silenciosa e séria. Na boca, a mesma nojeira conhecida. Angustiou-se o coração, a mente ficou turva. "Meu Deus! Meu Deus!", disse ele. "De novo, de novo, e não para nunca." E, de repente, viu o problema por um lado totalmente diferente. "O ceco! O rim", disse para si. "O problema não é o ceco, nem o rim, mas a vida... e a morte. Sim, eu tinha a vida, e agora ela está indo embora, indo embora, e eu não consigo detê-la. Sim. Por que me enganar? Por acaso não é visível a todos, exceto a mim, que estou morrendo? A questão é só o número de semanas, de dias – talvez agora mesmo. Antes havia luz, mas agora há trevas. Antes eu estava aqui, mas agora vou para lá! Para onde?" Foi tomado por um frio, a respiração parou. Ouvia só as batidas do coração.

"Eu não existirei mais, então o que será? Não será nada. Então onde eu estarei quando não existir mais? Será mesmo a morte? Não, não quero." Deu um salto, quis acender a vela, procurou-a com mãos trêmulas, derrubou-a no chão com o castiçal e de novo tombou para trás sobre o travesseiro.

"Para quê? Dá na mesma", disse para si de olhos abertos, fitando a escuridão. "A morte. Sim, a morte. E eles, nenhum deles sabe, nem querem saber, e não têm pena. Estão tocando. (Ele ouvia lá longe, atrás da porta, o rumor das vozes e os ritornelos[22].) Eles não se importam, mas também morrerão. Bobalhões. Eu primeiro, mas eles depois; terão o mesmo fim que eu. Mas se divertem! Bestas!" A raiva sufocava-o. E ficou com uma sensação tremendamente, insuportavelmente pesada. Não era possível que todos estivessem sempre fadados àquele pavor terrível. Levantou-se.

"Alguma coisa não está certa; preciso me acalmar, preciso repensar tudo desde o começo." Então ele começou a repensar. "Sim, o início da doença. Bati o flanco e fiquei do mesmo jeito naquele dia e no dia seguinte; doía um pouco, depois mais, depois os médicos, depois a tristeza, a angústia, de novo os médicos; e eu fui chegando mais perto, mais perto do abismo. As forças diminuíram. Mais perto, mais perto. Aí fiquei debilitado, não tinha mais luz nos olhos. E a morte, enquanto eu pensava no ceco. Fico pensando em consertar o ceco, mas isso é a morte. Será mesmo a morte?" De novo o medo o acometeu; ele pôs-se a arquejar, inclinou-se, começou a procurar os fósforos, apoiou o cotovelo na mesa de cabeceira. Ela o atrapalhava e provocava dor; ele irritou-se com ela, apoiou com mais força, aborrecido, e derrubou a mesa. E, desesperado, ofegante, ele desabou de costas, esperando que a morte chegasse imediatamente.

---

22 Peça ou trecho musical de caráter repetitivo.

Os convidados estavam saindo naquele momento. Praskóvia Fiódorovna despedia-se deles. Ela ouviu a queda e entrou.

– O que foi?

– Nada. Derrubei sem querer.

Ela saiu, trouxe uma vela. Ele continuava deitado, respirando pesadamente e muito depressa, como alguém que tinha corrido uma versta[23], olhando-a com os olhos fixos.

– O que foi, Jean?

– Na... da. Der... ru... bei. – "O que vou dizer? Ela não entenderia", pensou ele.

Ela realmente não entendeu. Apanhou a vela, acendeu para ele e saiu, apressada – precisava se despedir de um convidado.

Quando ela voltou, Ivan Ilitch estava deitado do mesmo jeito, de costas, olhando para cima.

– O que você tem, piorou?

– Sim.

Ela balançou a cabeça, sentou-se.

– Sabe, Jean, fico pensando se não é o caso de chamar Leschetítski para vir aqui em casa.

Aquilo significava chamar um médico famoso e não poupar dinheiro. Ivan Ilitch sorriu maliciosamente e disse:

– Não.

---

23 Antiga unidade de medida russa, equivalente a 1,067 quilômetro.

Ela ficou um pouco sentada, aproximou-se e beijou-o na testa.

Ele a odiou com todas as forças no momento em que foi beijado, e fez um esforço para não empurrá-la.

– Adeus. Se Deus quiser, você pega no sono.

– Sim.

Capítulo 6

Ivan Ilitch via que estava morrendo e ficava em constante desespero.

No fundo de sua alma, Ivan Ilitch sabia que estava morrendo, mas ele não só não se acostumava com aquilo como simplesmente não entendia, não conseguia de nenhum modo entender.

Durante toda a sua vida, o exemplo de silogismo que ele tinha aprendido na lógica de Kiesewetter – Caio é humano, todos os humanos são mortais, logo Caio é mortal – parecera-lhe correto só em relação a Caio, mas nunca em relação a ele mesmo.[24] Aquele era Caio, um ser humano, só um ser humano, e aquilo era totalmente justo; mas Ivan Ilitch não era Caio, não era só um ser humano, ele sempre fora um ser completamente singular, singular em relação a todos os demais; ele tinha sido Vânia[25] para a mamãe, para o papai, para Mítia[26] e Volódia, os brinquedos, o cocheiro, a aia, depois para Kátienka, com todas as alegrias, tristezas e encantos da infância, da adolescência, da juventude. Será que Caio tivera o cheiro daquela bolinha listrada de couro

---

24 Johann Gottfried Kiesewetter (1766–1819) foi um filósofo alemão, discípulo de Kant e autor de um famoso manual de lógica traduzido para o russo. O Caio a que o silogismo se refere é Caio Júlio César.
25 Apelido carinhoso de Ivan.
26 Apelido de Dmítri.

que Vánia tanto amara? Será que Caio beijara do mesmo jeito a mão de sua mãe, será que para Caio farfalhara do mesmo jeito a seda das pregas do vestido de sua mãe? Será que ele se rebelara por conta dos pasteizinhos na escola de jurisprudência? Será que Caio se apaixonara do mesmo jeito? Será que Caio conseguiria conduzir uma sessão do mesmo jeito?

E Caio era mesmo mortal, e está certo que ele morra, mas que eu, Vánia, Ivan Ilitch, que eu morra, com todos os meus sentimentos, os meus pensamentos, é outra coisa. Não é possível que eu tenha que morrer. Seria horrível demais.

Era o que ele sentia.

"Se eu também tivesse que morrer, como Caio, eu saberia, uma voz interna teria me falado a respeito disso, mas não havia nada parecido dentro de mim; tanto eu, como todos os meus amigos – nós entendíamos que as coisas nunca poderiam ser para nós como eram para Caio. Mas agora isso!", dizia consigo mesmo. "Não pode ser, não pode ser, mas é. Como assim? Como entender isso?"

E ele não conseguia entender e tentava afugentar aquele pensamento, por ser mentiroso, incorreto, doentio, e substituí-lo por outros pensamentos, corretos e saudáveis. Porém, aquele pensamento – não só o pensamento, mas também a realidade – surgia novamente e parava diante dele.

E, no lugar daquele pensamento, ele invocava outros, um atrás do outro, na esperança de encontrar apoio neles. Tentava retornar à antiga sequência de pensamentos, que antes afastavam dele o pensamento sobre a morte. Mas – o que era estranho – tudo que antes afastava, ocultava, destruía a consciência da morte agora não surtia mais efeito. Ultimamente, Ivan Ilitch passava a maior parte do tempo na tentativa de restituir a antiga sequência de sentimentos que afastavam a morte. Ora dizia a si: "Vou me dedicar ao serviço, afinal, eu vivia para ele". E ia ao tribunal, afugentando de si quaisquer dúvidas; travava conversas com os colegas e, seguindo seu antigo costume, sentava-se, distraído, lançando à multidão um olhar pensativo e apoiando-se com ambas as mãos descarnadas nos braços da cadeira de carvalho, do modo costumeiro, inclinando-se em direção a um colega, organizando o processo, cochichando, e, depois, alçando de repente os olhos e endireitando-se em seu lugar, ele proferia as palavras já conhecidas e começava o processo. Mas, de repente, bem no meio, a dor no flanco, sem dar qualquer atenção ao ponto de desenvolvimento do processo, começava o *seu* processo torturante. Ivan Ilitch concentrava-se, afugentava o pensamento dela, mas ela continuava seu afazer, e *ela* vinha e parava bem diante dele e o encarava, e ele ficava petrificado, o fogo extinguia-se em seus olhos, e ele novamente começava a se perguntar: "Será somente *ela* a verdade?". E os colegas e os subordinados viam, com espanto e amargura, que ele, um juiz tão brilhante e refinado, confundia-se, cometia erros. Ele recobrava o ânimo, tentava voltar a si e a conduzir de algum modo a sessão até o fim, e voltava para casa com a triste consciência de que sua atuação no tribunal não podia, como antigamente, esconder dele aquilo que ele queria esconder; de que, por meio da atuação no tribunal, ele não podia livrar-se *dela*. E o pior de tudo era que *ela* não o atraía para que ele fizesse algo, mas só para que olhasse para ela, bem em seus olhos, olhasse para ela e, sem fazer nada, sofresse indizivelmente.

E, para escapar dessa situação, buscava consolo, outros biombos, e esses outros biombos apareciam e, por um curto tempo, como que o resguardavam, mas, então, eles novamente eram, se não destruídos, atravessados pela luz, como se *ela* penetrasse tudo, e nada pudesse afastá-la.

Por vezes, naqueles últimos tempos, Ivan Ilitch entrava na sala de estar adornada por ele – aquela mesma sala de estar onde ele caíra, por cuja decoração, como lhe parecia maliciosamente cômico pensar, ele sacrificara a vida, porque ele sabia que sua doença começara com aquele machucado – e via que na mesa laqueada havia um talho feito por alguma coisa. Ele procurava o motivo e encontrava-o no ornamento de bronze do álbum, cuja borda estava entortada. Ele pegava o álbum, caro, feito por ele com amor, e ficava aborrecido com o desleixo da filha e de seus amigos – ora estava rasgado, ora as fotografias estavam reviradas. Com cuidado, ele colocava tudo em ordem, endireitava novamente o ornamento.

Depois ele tinha a ideia de mudar todo aquele *établissement*[27] com os álbuns para outro canto, perto das flores. Ele chamava o criado, ou a filha ou a esposa vinham ajudar; eles não concordavam, contradiziam-se, ele discutia,

---

27 Em francês no original: "arranjo".

irritava-se; mas tudo ficava bem, porque ele não se lembrava *dela*, *ela* não estava à vista.

Mas então a esposa disse, enquanto ele próprio mudava as coisas: "Com licença, os outros podem fazer isso, você vai se machucar de novo", e, de repente, ela surgiu pelo biombo, ele *a* viu. *Ela* surgiu, e ele ainda tinha esperança de que *ela* se ocultaria, mas, involuntariamente, ele se concentrava no flanco – ali continuava a mesma coisa, continuava doendo, e ele não podia mais esquecer, e *ela* olhava claramente para ele por detrás das flores. Onde terminaria tudo aquilo?

"E a verdade é que aqui, nesta cortina, como num combate, eu perdi a vida. Será possível? Como é horrível e como é estúpido! Não pode ser! Não pode ser, mas é."

Foi até o escritório, deitou-se e ficou de novo sozinho com *ela*. Face a face com *ela*, e não havia o que fazer com *ela*. Só olhar para *ela* e gelar.

Capítulo 7

Como isso aconteceu no terceiro mês de doença de Ivan Ilitch é impossível dizer, porque aconteceu passo a passo, de modo imperceptível, mas aconteceu que tanto a esposa, como a filha, o filho, a criadagem, os conhecidos, os médicos e, sobretudo, ele mesmo, sabiam que todo o interesse que os outros tinham por ele consistia em saber se finalmente desocuparia o posto em breve, se livraria os vivos do embaraço causado por sua presença e livraria a si de seus sofrimentos.

Ele dormia cada vez menos; davam-lhe ópio e começaram a injetar morfina. Mas aquilo não o aliviava. A melancolia embotada que experimentava num estado semientorpecido só o aliviava, no início como algo novo, mas depois ela se tornou tão torturante ou até mais que a dor manifesta.

Preparavam-lhe pratos especiais de acordo com as prescrições médicas; mas esses pratos eram, para ele, mais e mais insípidos, mais e mais repugnantes.

Para sua evacuação, também foram feitos dispositivos especiais, e toda vez aquilo era um tormento. Um tormento pela imundície, pela indecência e pelo cheiro, pela consciência de que outra pessoa tinha que participar daquilo.

Mas foi justamente nesse afazer desagradável que surgiu uma consolação para Ivan Ilitch. Quem vinha sempre levar o que ele tinha feito era o mujique doméstico Guerássim.

Guerássim era um jovem mujique, limpo, fresco, que engordara graças à comilança da cidade. Sempre alegre, sereno. No início, a visão daquela pessoa sempre limpa, vestida à moda russa, fazendo aquela tarefa repulsiva, embaraçava Ivan Ilitch.

Certa vez, ao levantar-se da bacia e sem forças para erguer as calças, ele desabou na poltrona estofada e observou, horrorizado, suas coxas desnudas, enfraquecidas, com os músculos bem à vista.

Entrou Guerássim, com suas botas grossas, exalando ao seu redor o agradável cheiro do breu de suas botas e o frescor do ar de inverno, com um caminhar leve e forte, usando um avental limpo de cânhamo e uma camisa limpa de chita, com as mangas arregaçadas por cima dos braços nus, fortes e jovens, e, sem olhar para Ivan Ilitch – claramente contendo, para não ofender o doente, a alegria de vida que brilhava em seu rosto –, aproximou-se da bacia.

– Guerássim – disse Ivan Ilitch, com voz fraca.

Ele estremeceu, pelo visto com medo de ter cometido algum erro, e, com movimentos rápidos, virou em direção ao doente seu rosto fresco, bondoso, simples e jovem, que mal começara a criar barba.

– O que o senhor deseja?

– Acho que isso é desagradável para você. Peço que me desculpe. Eu não consigo.

– Perdão, senhor. – E os olhos de Guerássim cintilaram, e ele arreganhou seus dentes jovens e brancos. – Por que é que eu não me daria ao trabalho? O senhor está doente.

E, com suas mãos ágeis e fortes, ele cumpriu sua tarefa habitual e saiu, com seu passo leve. E, cinco minutos depois, com o mesmo passo leve, voltou.

Ivan Ilitch estava sentado do mesmo jeito, na poltrona.

– Guerássim – disse, quando o outro colocou no lugar a bacia limpa, lavada –, por favor me ajude, venha cá. – Guerássim aproximou-se. – Levante-me. Sozinho é difícil para mim, e mandei Dmítri sair.

Guerássim aproximou-se; com seus braços fortes e a mesma leveza de seu caminhar, ele o abraçou, ágil, levantou-o delicadamente e segurou-o; com a outra mão, ergueu as calças e tentou colocá-lo sentado. Mas Ivan Ilitch pediu que o levasse até o sofá. Guerássim, sem esforço e sem apertá-lo, levou-o até o sofá, quase carregando-o, e colocou-o sentado ali.

– Obrigado. Como você faz tudo... bem, com agilidade.

Guerássim sorriu de novo e fez menção de sair. Mas Ivan Ilitch sentia-se tão bem com ele, que não queria deixá-lo ir.

– Sabe o que mais? Pode por favor mover essa cadeira para perto de mim? Não, aquela, aqui debaixo das pernas. É melhor quando minhas pernas estão para cima.

Guerássim trouxe a cadeira, posicionou-a sem bater, baixando-a levemente até o chão, e ergueu sobre ela as pernas de Ivan Ilitch; este teve a impressão de melhorar no momento em que Guerássim ergueu suas pernas para cima.

– Eu me sinto melhor quando as pernas estão para cima – disse Ivan Ilitch. – Coloque debaixo aquele travesseiro ali.

Guerássim fez isso. De novo levantou as pernas e as posicionou. De novo Ivan Ilitch sentiu-se melhor enquanto o mujique segurava suas pernas. Quando ele as abaixou, pareceu-lhe que piorava.

– Guerássim – disse ele –, você está ocupado agora?

– De modo algum, senhor – disse Guerássim, que aprendera com as pessoas da cidade a falar com os senhores.

– O que mais precisa fazer?

– O que é que eu tenho a fazer? Já fiz tudo, falta só rachar lenha para amanhã.

– Então você pode segurar as minhas pernas assim?

– Como não? Posso.

Guerássim segurou as pernas no alto, e Ivan Ilitch teve a impressão de que, naquela posição, não sentia dor nenhuma.

– Mas como é que fica a lenha?

– O senhor não se preocupe. Vamos dar um jeito.

Ivan Ilitch mandou Guerássim sentar-se e segurar suas pernas, e conversou com ele. E – o que era estranho – teve a impressão de que se sentia melhor quando Guerássim segurava suas pernas.

A partir de então, Ivan Ilitch passou a chamar Guerássim de vez em quando e fazê-lo segurar as pernas em seus ombros. E adorava conversar com ele. Guerássim fazia aquilo com leveza, com gosto, de tal maneira simples e bondosa que comovia Ivan Ilitch. A saúde, a força, o vigor de vida em todas as outras pessoas o ofendiam; só a força e o vigor de Guerássim não amarguravam, mas tranquilizavam Ivan Ilitch.

O principal tormento de Ivan Ilitch era a mentira – que por algum motivo todos admitiam – de que ele só estava doente, e não morrendo, e só precisava ficar calmo e tratar--se, e então algo muito bom aconteceria. Ele, porém, sabia que, independentemente do que fizessem, não aconteceria nada além de sofrimentos ainda mais torturantes, e a morte. E essa mentira o atormentava, e o atormentava o fato de que as pessoas não queriam admitir aquilo que todos sabiam e que ele sabia, mas queriam mentir para ele por conta de sua terrível situação, e queriam e o obrigavam a tomar parte naquela mentira. A mentira, essa mentira cometida contra ele às vésperas de sua morte, a mentira que haveria de rebaixar o terrível ato solene de sua morte ao nível de todas as visitas deles, das cortinas, do esturjão para o almoço... era terrivelmente torturante para Ivan Ilitch. E – o que era estranho –, quando eles aprontavam suas brincadeiras com ele, muitas vezes ele ficava por um triz de gritar: parem de mentir, vocês sabem e eu sei que estou morrendo, então pelo menos parem de mentir. Mas ele nunca tinha ânimo para fazer isso. Podia ver que o terrível, o pavoroso ato de sua agonia era rebaixado, por todos que o rodeavam, ao nível de uma contrariedade casual, de uma indecência, em parte (mais ou menos como tratam uma pessoa que, ao entrar na sala de estar, exala um cheiro ruim), em nome daquela mesma "decência" à qual ele servira durante toda a vida; via que ninguém tinha pena dele, porque ninguém queria sequer entender sua situação. Somente Guerássim entendia sua situação e tinha pena dele. E, por isso, Ivan Ilitch só se sentia bem com o mujique. Sentia-se bem quando Guerássim passava a madrugada, por vezes inteira, segurando suas pernas, e não queria ir embora para dormir, dizendo: "O senhor não se preocupe, Ivan Ilitch, ainda consigo dormir um pouco"; ou quando ele, de repente, tratando-o por "você", acrescentava: "Ainda se você não estivesse doente... mas, como não é o caso, por que não servir?". Só Guerássim não mentia, por tudo aquilo notava-se que só ele entendia o que se passava e não considerava necessário escondê-lo, e simplesmente tinha pena do patrão, fraco e prestes a expirar. Uma vez, ele até disse com franqueza, quando Ivan Ilitch o dispensou:

– Todos vamos morrer. Por que é que eu não me daria ao trabalho? – disse, expressando assim que ele não se incomodava com seu trabalho justamente porque o fazia para um moribundo, e que tinha a esperança de que, na sua hora, alguém fizesse o mesmo trabalho por ele.

Além daquela mentira, ou por consequência dela, o que mais torturava Ivan Ilitch era o fato de que ninguém tinha pena dele como queria que tivessem: em certos momentos, depois de longos sofrimentos, o que Ivan Ilitch mais queria – por mais vergonhoso que lhe fosse admitir – era que alguém tivesse pena dele, como se fosse uma criança doente. Ele queria que o acariciassem, que o beijassem, que chorassem por ele, como afagam e consolam as crianças. Ele sabia que era um membro importante do tribunal, que tinha barba grisalha e que, portanto, aquilo era impossível; mas mesmo assim ele queria aquilo. Na relação com Guerássim, havia algo próximo daquilo, e portanto era uma relação que o confortava. Ivan Ilitch queria chorar, queria que o afagassem e chorassem por ele, mas aí chegava um colega, o membro do tribunal Chebek, e, em vez de chorar e de ser afagado, Ivan Ilitch fazia uma expressão séria, severa, compenetrada, e, por inércia, dizia sua opinião sobre o significado da decisão de cassação e insistia nela tenazmente. Essa mentira ao seu redor e dentro de si foi o que mais envenenou os últimos dias da vida de Ivan Ilitch.

Capítulo 8

Era manhã.

Só era manhã porque Guerássim saíra, e o criado Piotr entrara, apagara as velas, abrira uma das cortinas e começara a arrumar as coisas em silêncio. Se era manhã ou se era noite, se era sexta-feira ou domingo, dava tudo na mesma, era tudo sempre igual: uma dor profunda, que não cessava nem por um instante, torturante; a consciência de que a vida o abandonava, irremediavelmente, mas que ainda não o abandonara; a mesma morte, que avançava, terrível e detestável, e que era a única realidade; e a mesma mentira. O que eram os dias, as semanas e as horas do dia?

– O senhor não deseja um chá?

"Ele precisa de ordem, precisa que os senhores bebam chá pela manhã", pensou, e disse apenas:

– Não.

– Não gostaria de passar para o sofá?

"Ele precisa pôr o cômodo em ordem, e eu estou atrapalhando, eu sou a sujeira, a desordem", pensou, e disse apenas:

– Não, deixe-me.

O criado continuou seus afazeres. Ivan Ilitch estendeu a mão. Piotr aproximou-se, prestativo.

– O que o senhor deseja?

– O relógio.

Piotr alcançou o relógio, que estava à mão, e o entregou.

– Oito e meia. Ainda não se levantaram?

– De modo algum, senhor. Vassíli Ivánovitch (esse era o filho) foi ao ginásio, e Praskóvia Fiódorovna deu ordem de acordá-la se o senhor pedisse. É o que o senhor deseja?

– Não, não precisa. – "Será que eu experimento o chá?", pensou. – Sim, o chá... pode trazer. – Piotr foi em direção à saída. Ivan Ilitch sentiu medo de ficar sozinho. "Com que posso detê-lo? Sim, o remédio." – Piotr, traga-me o remédio. – "Por que não? Talvez o remédio ainda ajude." Pegou uma colher, tomou. "Não, não vai ajudar. Tudo isso é um absurdo, uma ilusão", decidiu ele assim que sentiu o conhecido gosto, adocicado e inapelável. "Não, não consigo mais acreditar. Mas a dor, a troco de quê essa dor. Se ela cessasse por um minuto que fosse..." E começou a gemer. Piotr voltou. – Não, pode ir. Traga o chá.

Piotr saiu. Depois de ficar sozinho, Ivan Ilitch começou a gemer, nem tanto de dor, por mais horrível que ela fosse, mas de angústia. "Sempre a mesma coisa, a mesma coisa, todos esses dias e noites intermináveis. Se pelo menos chegasse logo. O que chegasse logo? A morte, as trevas? Não, não. Qualquer coisa é melhor que a morte!"

Quando Piotr entrou com o chá na bandeja, Ivan Ilitch o encarou por muito tempo, confuso, sem entender quem e o que ele era. Piotr ficou desconcertado com aquele olhar. E, quando Piotr ficou desconcertado, Ivan Ilitch voltou a si.

– Sim – disse –, o chá... bem, pode colocar aí. Só me ajude a me lavar, e traga uma camisa limpa.

E Ivan Ilitch começou a lavar-se. Com paradas para descansar, ele lavou os braços, o rosto, escovou os dentes, começou a pentear-se e olhou para o espelho. Ficou com medo; era particularmente medonho o modo como seu cabelo estava bem colado à testa pálida.

Enquanto trocavam sua camisa, soube que seria ainda mais terrível se olhasse para seu corpo, e não olhou para si. Mas então tudo se acabou. Vestiu o roupão, cobriu-se com uma manta e sentou-se na poltrona para tomar o chá. Por um minuto sentiu-se revigorado, mas, mal começou a beber o chá e de novo o mesmo gosto, a mesma dor. Terminou de beber à força e deitou-se, com as pernas esticadas. Deitou-se e dispensou Piotr.

Sempre a mesma coisa. Ora cintilava uma gota de esperança, ora encapelava-se um mar de desespero, e sempre a dor, sempre a dor, sempre a angústia, e sempre a mesmíssima coisa. Sozinho era horrivelmente melancólico, dava vontade de chamar alguém, mas ele sabia de antemão que seria ainda pior na presença de outros. "Se pelo menos me dessem morfina de novo, eu cairia no torpor. Direi a ele, ao médico, para inventar alguma outra coisa. Deste jeito é impossível, impossível."

Uma, duas horas se passam assim. Então vem a campainha na antessala. O médico, talvez.

Exato, é o médico, fresco, bem-disposto, gordo, alegre, com aquela expressão de quem diz: vocês aí se assustaram com alguma coisa, mas nós já vamos ajeitar tudo. O médico sabe que essa expressão não cabe ali, mas ele já a vestiu de uma vez por todas e não pode tirá-la, como alguém que vestiu de manhã uma casaca e saiu para fazer visitas.

O médico esfrega as mãos, com ar animado e reconfortante.

– Estou gelado. Está fazendo um frio danado. Vou me aquecer – diz, com uma expressão que parece afirmar que só é preciso esperar um pouco, até ele se aquecer, e, quando estiver aquecido, tudo se resolverá. – Pois bem, como está?

Ivan Ilitch sente que o médico gostaria de dizer: "Como vai esse senhorzinho?", mas que até mesmo ele sente que não dá para dizer aquilo, então diz:

– Como o senhor passou a noite?

Ivan Ilitch olha para o médico com uma expressão de quem pergunta: "Será possível que você nunca vai ficar com vergonha de mentir?". Mas o médico não quer entender a pergunta.

E Ivan Ilitch diz:

– Horrível do mesmo jeito. A dor não passa, não cede. Se desse para fazer alguma coisa!

– Sim, vocês, pacientes, são sempre assim. Pois bem, parece que agora eu estou aquecido, nem a asseadíssima Praskóvia Fiódorovna poderia levantar objeções com relação a minha temperatura. Pois bem, olá. – E o médico aperta-lhe a mão.

Pondo de lado toda a jocosidade anterior, o médico, com ar sério, começa a examinar o paciente, o pulso, a temperatura, e começam as batidas, a auscultação.

Ivan Ilitch sabe, firme e indubitavelmente, que tudo aquilo é um absurdo e uma ilusão vazia, mas, quando o médico fica de joelhos e estica-se sobre ele, apoiando o ouvido ora mais para cima, ora mais para baixo, e com rosto expressivo faz sobre ele diversas evoluções de ginástica, Ivan Ilitch rende-se àquilo, como outrora se rendera aos discursos dos advogados, mesmo já sabendo muito bem que todos eles mentiam e por qual razão mentiam.

O médico, de joelhos em cima do sofá, ainda percutia alguma coisa quando, junto à porta, farfalhou o vestido de seda de Praskóvia Fiódorovna e ouviu-se a reprimenda que ela dirigia a Piotr por não ter lhe informado a chegada do médico.

Ela entra, beija o marido e imediatamente começa a explicar que já estava acordada havia tempos e só por um mal-entendido não estava ali quando o médico chegou.

Ivan Ilitch olha para ela, examinando-a inteira e recriminando-a pela brancura, pela gordura, pela limpeza de seus braços, do pescoço, pelo lustro de seus cabelos e pelo brilho de seus olhos cheios de vida. Ele a odeia com todas as forças. Até seu toque o faz sofrer com acessos de ódio por ela.

Sua atitude em relação a ele e à doença é a mesma. Assim como o médico desenvolveu para si uma atitude em relação aos pacientes, atitude essa que ele não poderia mais abandonar, também ela desenvolvera uma atitude em relação ao marido – como se ele não fizesse algo que deveria fazer, e fosse ele mesmo o culpado disso, e então ela o repreende por isso, de modo amoroso – e não podia mais abandonar essa atitude.

– Mas é que ele não obedece! Não toma o remédio na hora. E o pior de tudo é que fica deitado numa posição que certamente é prejudicial: com as pernas para cima.

Ela contou como ele obrigava Guerássim a segurar-lhe as pernas.

O médico sorriu carinhosamente com desdém: "O que fazer? Esses pacientes às vezes inventam essas tolices; temos que perdoar".

Quando a inspeção terminou, o médico olhou para o relógio, e então Praskóvia Fiódorovna declarou a Ivan Ilitch que, quisesse ele ou não, ela tinha convidado um médico famoso para vir naquele mesmo dia, e que, juntamente com Mikhail Danílovitch (esse era o nome do médico comum), ele o examinaria e discutiria.

– Você por favor não se oponha. Isso eu estou fazendo para mim mesma – disse em tom irônico, dando a entender que ela fazia tudo para ele e só naquilo não lhe dava o direito de recusar-se. Ele ficou calado e com o rosto franzido. Sentia que a mentira que o rodeava tinha se emaranhado tanto que agora era difícil até decifrar algumas coisas.

Ela fazia tudo que se referia a ele só para si, e dizia-lhe que estava fazendo para si mesma o que ela realmente estava fazendo para si como se fosse algo tão inacreditável que ele deveria entender o oposto daquilo.

De fato, às onze e meia chegou o médico famoso. Recomeçaram a auscultação e as conversas significativas, na presença dele, e em outro cômodo, sobre o rim, sobre o ceco, e as perguntas e respostas que, com aquele ar signifi-cativo, outra vez, no lugar da questão real acerca da vida e da morte, que agora era a única que se colocava diante dele, levantavam a questão do rim e do ceco, que estavam fazen-do algo diferente do que deveriam, e que, por conta disso, seriam em breve atacados por Mikhail Danílovitch e pela celebridade e forçados a corrigir-se.

O médico famoso despediu-se com um ar sério, mas não desesperançado. E, à tímida pergunta que Ivan Ilitch lhe dirigiu, erguendo seus olhos brilhantes de medo e espe-rança – se havia possibilidade de cura –, respondeu que não podia garantir, mas que a possibilidade existia. O olhar de esperança com que Ivan Ilitch despediu-se do médico era tão lastimável, que, ao vê-lo, Praskóvia Fiódorovna até co-meçou a chorar, saindo pela porta do escritório para entre-gar os honorários ao famoso médico.

Durou pouco a elevação de espírito produzida pelas esperanças que o médico lhe infundira. De novo o mesmo quarto, os mesmos quadros, as cortinas, o papel de parede, os frascos, e aquele seu corpo de sempre, que doía, que so-fria. E Ivan Ilitch começou a gemer; deram-lhe uma inje-ção, e ele caiu em torpor.

Quando voltou a si, anoitecia; trouxeram-lhe o jantar. Tomou um caldo, com esforço; e de novo a mesma coisa, e de novo a noite que se aproximava.

Depois do jantar, às sete horas, Praskóvia Fiódorovna entrou em seu quarto, vestida como se fosse a uma festa, com o volumoso busto bem apertado e traços de pó de arroz no rosto. Pela manhã, ela já o relembrara de sua ida ao teatro. Era a recém-chegada Sarah Bernhardt[28], e eles tinham um camarote, que ele insistira para que pegassem. Agora tinha se esquecido disso, e o traje dela ofendeu-o. Mas ele escondeu que estava ofendido quando se lembrou de que ele próprio tinha insistido para que adquirissem o camarote e fossem, porque, para as crianças, aquilo seria uma diversão estética e educativa.

Praskóvia Fiódorovna entrou satisfeita consigo mesma, mas como que culpada. Ela se sentou, perguntou da saúde – pelo que ele pôde perceber, só por perguntar, e não para inteirar-se, sabendo que não havia de que se inteirar – e começou a falar daquilo que precisava falar: que ela não iria de jeito nenhum, mas que o camarote já estava reservado, e que iriam Hélène, a filha e Petríschev (o juiz de instrução, noivo da filha), e que ela não podia deixá-los irem sozinhos. E que lhe seria muito mais agradável ficar ali com ele. Mas que, na ausência dela, ele seguisse as prescrições médicas.

– Sim, e Fiódor Petróvitch (o noivo) gostaria de entrar. Pode? E Liza.

– Deixe-os entrar.

Entrou a filha, toda enfeitada, com o jovem corpo descoberto, um corpo como aquele que tanto o fazia sofrer. E

---

28 Sarah Bernhardt (1844–1923), nome artístico de Henriette-Rosine Bernard, famosa atriz dramática francesa, que excursionou pela Rússia nos anos 1880.

ela o exibia. Forte, saudável, evidentemente apaixonada e indignada com a doença, o sofrimento e a morte que atrapalhavam sua felicidade.

Entrou também Fiódor Petróvitch, de casaca, o cabelo frisado à la Capoul[29], com o longo pescoço cheio de veias fortemente envolto por um colarinho branco, com um imenso peitilho branco e as coxas fortes revestidas por calças pretas justas, com uma luva branca apertada na mão e um chapéu de molas[30].

Atrás deles, arrastou-se para dentro, quase imperceptível, o colegial, usando um uniforme novinho, o pobrezinho, de luvas e com olheiras horríveis, cujo significado Ivan Ilitch conhecia bem.

Ele sempre tivera pena do filho. E era terrível seu olhar assustado e compadecido. Além de Guerássim, parecia a Ivan Ilitch que somente Vássia[31] compreendia e tinha pena dele.

Todos se sentaram, novamente perguntaram de sua saúde. Veio um silêncio. Liza perguntou do binóculo para a mãe. Deu-se uma altercação entre mãe e filha a respeito de quem o guardara e onde. Foi desagradável.

---

29 Corte popularizado pelo tenor francês Joseph-Amédée-Victor Capoul (1839–1924), com o cabelo repartido ao meio e dois cachos caindo sobre a testa.

30 Também chamado de claque, um tipo de cartola com um sistema de molas que permite que ela seja achatada.

31 Apelido carinhoso de Vassíli.

Fiódor Petróvitch perguntou a Ivan Ilitch se ele já vira Sarah Bernhardt. Ivan Ilitch não entendeu de imediato o que perguntava, mas depois disse:

– Não; e você, já viu?

– Sim, em *Adrienne Lecouvreur*[32].

Praskóvia Fiódorovna disse que ela estava particularmente boa em tal peça. A filha discordou. Começou uma conversa sobre a elegância e o realismo de sua interpretação – a mesma conversa que acontece sempre do mesmo jeito.

No meio da conversa, Fiódor Petróvitch olhou para Ivan Ilitch e calou-se. Os outros olharam e calaram-se. Ivan Ilitch olhava para a frente, com olhos brilhantes, claramente indignado com eles. Era preciso corrigir aquilo, mas era impossível corrigir. Era preciso dar um jeito de romper aquele silêncio. Ninguém se atrevia, e todos começaram a temer que, de alguma maneira, fosse subitamente destruída a decente mentira, e ficasse claro a todos o que ocorria. Liza foi a primeira a atrever-se. Ela rompeu o silêncio. Ela queria esconder o que todos estavam sentindo, mas deixou escapar.

– Bem, *se quisermos ir*, está na hora – disse, olhando para seu relógio, um presente do pai, e, de um modo quase imperceptível, que significava algo que só eles sabiam, sorriu para o jovem e levantou-se, farfalhando o vestido.

___

32 Comédia escrita em 1849 pelos dramaturgos franceses Augustin--Eugène Scribe (1791–1861) e Ernest Legouvé (1807–1903), cuja protagonista ganhou fama graças à interpretação de Sarah Bernhardt.

Todos se levantaram, despediram-se e foram embora.

Quando eles saíram, Ivan Ilitch pareceu sentir-se mais leve: não estava mais ali a mentira, ela tinha ido embora com eles – mas a dor ficara. A mesma dor, o mesmo pavor fazia com que nada fosse mais pesado, nada fosse mais leve. Tudo era pior.

De novo os minutos se passavam, um atrás do outro, as horas, uma atrás da outra, tudo era igual, e nada tinha fim, e era cada vez mais terrível o fim inevitável.

– Sim, peça que venha Guerássim – respondeu a uma pergunta de Piotr.

Capítulo 9

Tarde da noite, a esposa voltou.

Ela entrou de mansinho, mas ele ouviu: abriu os olhos e fechou-os de novo, apressadamente. Ela queria dispensar Guerássim e sentar-se a sós com Ivan Ilitch. Ele abriu os olhos e disse:

– Não. Pode ir.

– Está sofrendo muito?

– Não importa.

– Tome o ópio.

Ele concordou e tomou. Ela foi embora.

Até umas três horas ele ficou num torpor torturante. Parecia-lhe que ele e sua dor eram metidos dentro de um saco negro, estreito e profundo, e que tentavam enfiá-lo cada vez mais, sem conseguir.

Essa tarefa, horrível para ele, era feita com sofrimento. E ele, ao mesmo tempo, tinha medo e queria desabar ali dentro, e lutava, e ajudava. E então, de repente, ele se soltou e caiu, e voltou a si. O mesmo Guerássim estava sentado no pé da cama, cochilando, tranquilo e paciente. E ele estava deitado com as pernas, emagrecidas e de meia, erguidas sobre os ombros dele; a vela era a mesma no abajur, e a dor incessante era a mesma.

– Pode ir, Guerássim – sussurrou ele.

– Tudo bem, senhor, posso ficar mais um pouco.

– Não, pode ir.

Ele tirou as pernas, deitou de lado em cima do braço, e ficou com pena de si. Só esperou um pouco até que Guerássim saísse para o cômodo vizinho, parou de conter-se e começou a chorar, como uma criança. Chorou por seu desamparo, por sua terrível solidão, pela crueldade das pessoas, pela crueldade de Deus, pela ausência de Deus.

"Por que é que fez tudo isso? Por que é que me trouxe aqui? Por quê, por que me tortura tão horrivelmente?..."

Ele não esperou resposta e chorou pelo fato de que não havia nem poderia haver resposta. A dor aumentou de novo, mas ele não se moveu, não chamou ninguém. Disse a si: "Pode vir de novo, pode bater! Mas por que razão? O que fiz para você, por que razão?".

Depois se calou, parou não só de chorar, parou também de respirar e se fez todo atenção: era como se ele ouvisse atentamente não a voz que falava com sons, mas a voz da alma, o fluxo dos pensamentos que se erguiam dentro dele.

– Você quer o quê? – Foi a primeira noção clara, forte o suficiente para ser expressa em palavras, que ele ouviu. – O que você quer? Você quer o quê? – repetiu ele para si mesmo. – O quê? Não sofrer. Viver – respondeu ele.

E novamente ele se concentrou de maneira tão intensa que nem a dor o distraía.

– Viver? Viver como? – perguntou a voz da alma.

– Sim, viver, como a vida era antes: boa e agradável.

– Como você viveu antes, bem e com prazer? – perguntou a voz. E ele começou a relembrar na imaginação os melhores momentos de sua agradável vida. Mas (o que era estranho) todos esses melhores momentos de sua agradável vida pareciam agora totalmente diferentes do que tinham parecido então. Todos, exceto pelas primeiras recordações da infância. Lá, na infância, havia algo realmente agradável, com que se poderia viver, se ela voltasse. Mas a pessoa que tinha experimentado essa coisa agradável não existia mais: era como se fosse a recordação de outra pessoa.

Assim que começava aquilo que resultaria no que ele era hoje, Ivan Ilitch, tudo que então parecera uma alegria passava a derreter diante de seus olhos e transformava-se em algo insignificante e muitas vezes abjeto.

E, quanto mais longe da infância, quanto mais próximo do presente, mais insignificantes e duvidosas eram as alegrias. Começou na escola de jurisprudência. Lá ainda havia algo verdadeiramente bom: havia alegria, havia amizade, havia esperanças. Mas, nos últimos anos, já eram raros esses bons momentos. Depois, na época de seu primeiro serviço, com o governador, de novo vieram bons momentos: eram as recordações do amor por uma mulher. Depois, tudo isso ficou confuso, e restaram ainda menos coisas boas. Mais um tempo, e ainda menos coisas boas, e, quanto mais tempo se passava, menos coisas boas havia.

O casamento... tão por acaso, e a decepção, e o cheiro da boca da esposa, e a sensualidade, o fingimento! E aquele serviço morto, e as preocupações com o dinheiro, e assim por um ano, dois, dez, vinte... e sempre a mesma coisa. E, quanto mais tempo se passava, mais morto tudo era. Como se eu caminhasse montanha abaixo, de maneira constante, imaginando que caminhava montanha acima. Foi bem assim. Na opinião da sociedade, eu ia montanha acima, e na mesmíssima medida a vida se afastava debaixo de mim... E então pronto, pode morrer!

Então o que é isso? Qual a razão? Não pode ser. Não pode ser que a vida tenha sido tão sem sentido, tão abjeta. E, se ela tiver mesmo sido tão abjeta e sem sentido, por que razão morrer, e morrer sofrendo? Algo está errado.

"Talvez eu não tenha vivido como é preciso", vinha-lhe de súbito à mente. "Mas como não, se eu fiz tudo como se deve?", dizia ele a si, e de imediato afastava de si, como algo completamente impossível, essa única solução para todo o mistério da vida e da morte.

"O que é que você quer agora? Viver? Viver como? Viver como você vive no tribunal, quando o oficial de justiça proclama: 'Está aberto o julgamento!...'? Está aberto o julgamento, o julgamento está aberto", ele repetia para si mesmo. "Aí está ele, o julgamento! Mas eu não sou culpado de nada!", gritou com raiva. "Por que razão?" E ele parou de chorar e, virando o rosto para a parede, começou a pensar na mesmíssima coisa: por que razão, por que todo aquele horror?

Mas, por mais que ele pensasse, não encontrava resposta. E, quando lhe vinha à mente o pensamento, e ele vinha com frequência, de que tudo aquilo decorria do fato de que vivera da maneira errada, ele imediatamente relembrava como sua vida fora correta e afastava aquele estranho pensamento.

Capítulo 10

Passaram-se outras duas semanas. Ivan Ilitch não se levantava mais do sofá.

Ele não queria ficar deitado na cama e ficava deitado no sofá. E, deitado quase o tempo todo com o rosto virado para a parede, ele sofria, solitário, os mesmos sofrimentos insolúveis, e, solitário, pensava o mesmo pensamento insolúvel. O que é isso? Será mesmo verdade que é a morte? E uma voz interna respondia: sim, é verdade. Por que razão esses tormentos? E a voz respondia: é assim, sem nenhum motivo. Não havia nada depois e além disso.

Desde o início da doença, desde o momento em que Ivan Ilitch foi ao médico pela primeira vez, sua vida dividiu-se em dois estados de espírito opostos, que se alternavam: ora o desespero e a espera pela morte, incompreensível e horrenda, ora a esperança e uma vigilância plena de interesse sobre o funcionamento de seu corpo. Diante de seus olhos, ora estava somente o rim ou o ceco, que temporariamente tinham se recusado a cumprir suas funções, ora estava somente a morte, incompreensível, horrenda, da qual era impossível escapar.

Desde o início da doença, esses dois estados de espírito alternavam-se; mas, quanto mais a doença avançava, mais duvidosas e fantásticas tornavam-se as reflexões sobre o rim, e mais real tornava-se a consciência da morte que se aproximava.

Bastava-lhe lembrar o que ele tinha sido três meses antes e o que era agora, lembrar a constância com que caminhara montanha abaixo, para que fosse destruída qualquer possibilidade de esperança.

Nos últimos tempos daquela solidão em que ele se encontrava, deitado com o rosto voltado para o espaldar do sofá, daquela solidão em meio a uma cidade populosa, em meio a seus inúmeros conhecidos e à família – uma solidão tão plena que não poderia haver igual em nenhuma parte, nem no fundo do mar, nem debaixo da terra –, nos últimos tempos daquela terrível solidão, Ivan Ilitch vivia apenas na imaginação do passado. Uma atrás da outra, surgiam-lhe cenas de seu passado. Começavam sempre pela mais próxima no tempo e iam se resumindo às mais distantes, à infância, e nela paravam. Se Ivan Ilitch se lembrava das ameixas-passas cozidas que lhe tinham oferecido naquele dia, ele se lembrava das ameixas-passas francesas da infância, enrugadas e cruas, do gosto peculiar e da profusão de saliva quando ele alcançava o caroço, e, juntamente com essa recordação do gosto, surgia toda uma série de recordações daquela época: a aia, o irmão, os brinquedos. "Não posso com isso... é doloroso demais", dizia para si Ivan Ilitch, e era transportado de volta para o presente. Um botão no espaldar do sofá e os vincos do marroquim. "Esse marroquim é caro, pouco resistente; houve briga por causa dele. Mas houve outro marroquim, e outra briga, quando nós rasgamos a pasta do pai e fomos punidos, mas a mamãe trouxe pastéis." E de novo parava na infância, e de novo era doloroso para Ivan Ilitch, que tentava pôr aquilo de lado e pensar em outra coisa.

E de novo, ali mesmo, juntamente com aquela sequência de recordações, havia em sua alma outra – de como sua doença tinha se fortalecido e crescido. Era o mesmo, quanto mais longe no passado, mais vida havia. E havia mais coisas boas na vida, e havia mais vida em si. Uma coisa e outra fundiam-se. "Como os tormentos ficam cada vez piores, também a vida inteira foi ficando cada vez pior", pensou ele. Havia só um ponto de luz, lá atrás, no começo da vida, e depois tudo era cada vez mais escuro e cada vez mais veloz. "É inversamente proporcional ao quadrado da distância até a morte", pensou Ivan Ilitch. E essa imagem de uma pedra voando para baixo com velocidade crescente gravou-se em sua alma. A vida, uma série de sofrimentos crescentes, voava cada vez mais depressa em direção a seu fim, o mais terrível dos sofrimentos. "Estou voando…" Ele estremeceu, agitou-se, quis resistir; mas já sabia que era impossível resistir, e olhou novamente, com seus olhos cansados de enxergar mas que não podiam não ver aquilo que estava diante deles, para o espaldar do sofá e esperou – esperou por aquela terrível queda, pelo solavanco e pela destruição. "Não dá para resistir", disse ele para si. "Mas ao menos entender o motivo disso! Isso também não dá. Daria para explicar se eu dissesse que não vivi a vida como devia. Mas isso já é impossível reconhecer", falava ele consigo mesmo, relembrando como sua vida fora legítima, correta e decente. "Pois é impossível admitir isso", falava ele para si, sorrindo, como se alguém pudesse ver aquele seu sorriso e ser enganado por ele. "Não há explicação! O tormento, a morte… Por quê?"

Capítulo 11

Assim se passaram duas semanas.

Nessas semanas, realizou-se o acontecimento desejado por Ivan Ilitch e por sua esposa: Petríschev fez o pedido formal. Aconteceu de noite. No dia seguinte, Praskóvia Fiódorovna entrou no quarto do marido, pensando em como anunciar-lhe o pedido de Fiódor Petróvitch, mas, naquela mesma madrugada, Ivan Ilitch fora acometido por uma nova mudança para pior. Praskóvia Fiódorovna encontrou-o no mesmo sofá, mas numa nova posição. Ele estava deitado de costas, gemendo e olhando para a frente com um olhar fixo.

Ela começou a falar dos remédios. Ele transferiu seu olhar para ela. Ela não terminou de dizer o que começara, tamanha era a raiva, justamente contra ela, que se expressava naquele olhar.

– Em nome de Cristo, deixe-me morrer em paz – disse ele.

Ela fez menção de sair, mas, nesse momento, entrou a filha e veio cumprimentá-lo. Ele olhou para a filha do mesmo jeito que olhara para a esposa e, quando ela perguntou de sua saúde, disse-lhe secamente que logo todos estariam livres dele. As duas se calaram, ficaram sentadas por um tempo e saíram.

– Mas que culpa temos nós? – disse Liza à mãe. – Como se nós tivéssemos causado isso! Tenho dó do papai, mas por que é que ele nos tortura?

Na hora costumeira, chegou o médico. Ivan Ilitch respondia-lhe "sim, não", sem tirar dele um olhar exasperado, e, perto do fim, disse:

– Já que o senhor sabe que não ajuda em nada, então deixe-me.

– Podemos aliviar o sofrimento – disse o médico.

– Podem coisa nenhuma. Deixe-me.

O médico foi até a sala de estar e informou Praskóvia Fiódorovna que Ivan Ilitch estava muito mal e que havia somente um meio, o ópio, para aliviar o sofrimento, que devia ser terrível.

O médico disse que seu sofrimento físico era terrível, e isso era verdade; porém, mais terrível que seu sofrimento físico era seu sofrimento moral, e nisso estava seu principal tormento.

Seu sofrimento moral consistia em que, naquela madrugada, olhando para o rosto de Guerássim, sonolento, bondoso, de ossos salientes, veio-lhe de súbito à mente: e se de fato toda a minha vida, minha vida consciente, foi "errada"?

Veio-lhe à mente que aquilo que antes lhe parecera completamente impossível – que ele não tinha vivido sua vida como deveria –, que aquilo podia ser verdade. Veio-lhe à mente que suas pretensões quase imperceptíveis de lutar contra aquilo que as pessoas que ocupavam os mais altos postos consideravam bom, pretensões quase imperceptíveis, que ele imediatamente afastava de si, que elas é que eram verdadeiras, e todo o resto podia estar errado. Tanto seu serviço como a estrutura de sua vida, como sua família, como aqueles interesses da sociedade e do serviço: tudo aquilo podia estar errado. Ele tentava defender tudo aquilo diante de si. E de repente sentia toda a fraqueza daquilo que defendia. E não havia o que defender.

"Mas, se for assim", disse ele a si, "e eu sair da vida com a consciência de que arruinei tudo que me foi dado, e de que é impossível corrigir isso, então o quê?" Ele se deitou de costas e começou a recordar de maneira completamente nova toda a sua vida. Quando, pela manhã, viu o criado, depois a esposa, depois a filha, depois o médico, cada movimento deles, cada palavra deles confirmava a horrível verdade que lhe fora revelada de madrugada. Neles, via a si mesmo, tudo aquilo por que ele vivera, e via claramente que tudo aquilo estava errado, tudo aquilo era uma imensa e horrível ilusão, que encobria a vida e a morte. Essa consciência aumentou, tornou seu sofrimento físico dez vezes maior. Ele gemia e se agitava e puxava suas roupas. Parecia-lhe que elas o estavam sufocando e oprimindo. E por isso ele os odiava.

Deram-lhe uma grande dose de ópio, ele caiu em torpor; mas, na hora do almoço, começou de novo a mesma coisa. Ele expulsou todos de sua presença e ficou se revirando de um lado para outro.

A esposa veio até ele e disse-lhe:

– Jean, querido, faça isso por mim (por mim?). Mal não vai fazer, mas muitas vezes ajuda. Afinal, não é nada. Até quem está sadio muitas vezes...

Ele abriu bem os olhos.

– O quê? Comungar? Por quê? Não preciso disso! Mas pensando bem...

Ela começou a chorar.

– Aceita, meu bem? Vou chamar o nosso, ele é tão amável.

– Magnífico, tudo bem – ele disse.

Quando o padre veio e tomou sua confissão, Ivan Ilitch se abrandou, sentiu certo alívio de suas dúvidas e, em consequência disso, do sofrimento, e foi acometido por um momento de esperança. De novo começou a pensar no ceco e na possibilidade de recuperá-lo. Comungou com lágrimas nos olhos.

Quando o puseram para dormir, depois da comunhão, sentiu-se mais leve por um momento, e de novo surgiu a esperança por sua vida. Começou a pensar na operação que lhe tinham proposto. "Viver, quero viver", disse a si. A esposa veio felicitá-lo; ela disse as palavras costumeiras e acrescentou:

– Sente-se melhor, não é verdade?

Ele falou, sem olhar para ela: sim.

A roupa que ela vestia, sua compleição, a expressão de seu rosto, o som de sua voz – tudo nela dizia-lhe a mesma coisa: "Está errado. Tudo aquilo por que você viveu e vive é uma mentira, uma ilusão que encobre de você a vida e a morte". E, assim que ele pensou isso, ressurgiu seu ódio e, juntamente com o ódio, o sofrimento físico torturante e, com o sofrimento, a consciência da ruína, inevitável e próxima. Uma coisa nova aconteceu:

algo começou a revirar-se dentro dele, a dar pontadas e apertar-lhe a respiração.

A expressão de seu rosto quando falou "sim" era horrível. Depois de falar aquele "sim", olhando bem para o rosto da esposa, virou-se de bruços com uma velocidade extraordinária para sua fraqueza e gritou:

– Vá embora, vá embora, deixe-me!

Capítulo 12

A partir daquele momento, começaram os gritos, que não pararam por três dias e que eram tão horríveis que, atrás de duas portas, era impossível ouvi-los sem se horrorizar. No momento em que respondeu à esposa, ele entendeu que estava perdido, que não havia volta, que o fim chegara, o fim absoluto, e a dúvida não se resolvera, continuaria sendo uma dúvida.

– Oh! O-oh! Oh! – gritava ele, em diversas entonações. Ele começara a gritar: "Não quero!", e assim continuava a gritar, prolongando a letra "o".

Todos os três dias, ao longo dos quais, para ele, o tempo não existia, ele se contorceu naquele saco negro dentro do qual uma força invisível e invencível o enfiava. Ele se debateu, como se debate um condenado à morte nas mãos do carrasco, sabendo que não pode se salvar; e, a cada momento, sentia que, apesar de todo o esforço da luta, ele chegava cada vez mais perto daquilo que o horrorizava. Sentia que seu tormento estava justamente no fato de ser empurrado para dentro daquele buraco negro, e ainda mais no fato de que não podia penetrar nele. O que o impedia de penetrar era o reconhecimento de que sua vida era boa. Era essa absolvição de sua vida que o prendia e não o deixava avançar, e que o torturava acima de tudo.

De repente, uma força empurrou-o no peito, no flanco, apertou ainda mais sua respiração, ele desabou no buraco, e lá, no fim do buraco, algo resplandeceu. Ocorreu com ele o que lhe acontecera num vagão ferroviário – quando você pensa que está indo para a frente, mas está indo para trás, e de repente se dá conta da verdadeira direção.

– Sim, tudo foi errado – disse para si –, mas não faz mal. É possível, é possível fazer "o certo". E o que é "o certo"? – perguntou a si e de repente acalmou-se.

Isso foi no fim do terceiro dia, uma hora antes de sua morte. Bem nesse momento, o colegial entrou de mansinho no quarto do pai e aproximou-se de sua cama. O moribundo continuava gritando, desesperado, balançando os braços. Sua mão tocou a cabeça do colegial. O colegial agarrou-a, apertou-a contra os lábios e começou a chorar.

Foi bem nesse instante que Ivan Ilitch desabou, viu a luz, e foi-lhe revelado que sua vida não fora como deveria ter sido, mas que isso ainda podia ser corrigido. Perguntou a si o que era "o certo" e acalmou-se, prestando atenção. Aí sentiu alguém beijando sua mão. Abriu os olhos e encarou o filho. Ficou com pena dele. A esposa se aproximou. Ivan Ilitch olhou para ela. Ela o observava boquiaberta, com lágrimas escorrendo pelo nariz e pela bochecha e uma expressão desesperada. Ficou com pena dela.

"Sim, eu os estou torturando", pensou ele. "Eles têm pena, mas ficarão melhor quando eu morrer." Ele queria dizer aquilo, mas não tinha forças para proferir nada. "Aliás, para que falar, é preciso fazer", pensou ele. Com um olhar para a esposa, apontou para o filho e disse:

– Leve-o... pena... e você também... – Ele quis dizer ainda "peço perdão", mas disse "peço licença" e, já sem forças para corrigir-se, fez um aceno com a mão, sabendo que quem deveria entender entenderia.

E, de repente, ficou claro para ele que tudo aquilo que o afligia e que não saía, de repente, agora saía de uma vez, e pelos dois lados, e pelos dez lados, e por todos os lados. Tinha pena deles, precisava fazer com que não tivessem mais dor. Livrá-los e livrar a si mesmo do sofrimento. "Como é bom e como é simples", pensou ele. "E a dor?", perguntou-se. "Aonde ela foi? E então, onde está você, dor?"

Ele começou a prestar atenção.

"Sim, aqui está ela. Pois bem, deixe que venha a dor."

"E a morte? Onde ela está?"

Ele procurou seu antigo e costumeiro medo da morte e não o encontrou. Onde ela estava? Que morte? Não havia medo de nada, porque tampouco havia a morte.

Em vez da morte, havia a luz.

– Então é isso! – de repente falou em voz alta. – Que alegria!

Para ele, tudo aquilo aconteceu num só instante, e o significado daquele instante não mudaria mais. Para os presentes, porém, sua agonia durou mais duas horas. Em seu peito, algo borbulhava; seu corpo extenuado estremecia. Depois, foi ficando cada vez mais raro o borbulhamento e o estertor.

– Acabou! – disse alguém acima dele.

Ele ouviu aquelas palavras e repetiu-as em sua alma. "Acabou a morte", disse a si. "Ela não existe mais."

Ele aspirou o ar, parou no meio do suspiro, esticou-se e morreu.

Liev Tolstói nasceu em 1828 na Rússia tzarista e é um dos maiores nomes da literatura mundial. Autor de romances como *Guerra e paz* e *Anna Kariênina*, ao longo da vida desenvolveu uma doutrina moral e espiritual própria, angariando seguidores e se inspirando para a escrita da novela *A morte de Ivan Ilitch*.

NANO

NANO

DADOS INTERNACIONAIS DE CATALOGAÇÃO NA PUBLICAÇÃO (CIP)

....

T654m
Tolstói, Liev

A morte de Ivan Ilitch / Liev Tolstói ; tradução de Lucas
Simone. – Rio de Janeiro : Antofágica, 2023.
104 p. ; 11,5 x 15,4 cm ; (Coleção de Bolso)

Título original: Смерть Ивана Ильича

•

ISBN 978-65-80210-18-3

•

1. Literatura russa. I. Simone, Lucas. II. Título..

CDD 891.73   **CDU 891.73**
....

André Queiroz – CRB 4/2242

1ª edição, 1ª reimpressão

Todos os direitos desta edição reservados à

Antofágica

prefeitura@antofagica.com.br
instagram.com/antofagica
youtube.com/antofagica
Rio de Janeiro — RJ

Não se atrase para a partidinha de *Vint,*
venha logo para Nanofágica!

Acesse os textos complementares a esta edição.
Aponte a câmera do seu celular para o QR CODE abaixo.

AQUI JAZ A LEITURA DE UM CLÁSSICO RUSSO
COMPOSTO EM

Sentinel
Graphik

— E IMPRESSO PELA IPSIS GRÁFICA EM —

Pólen Bold 70g

Março   2025.